ちくま文庫

名前も呼べない

伊藤朱里

筑摩書房

目次

名前も呼べない

恋人が授かった初めての娘は、まもなく生後二ヶ月になるところだった。私はそのことを、前職の同僚に呼ばれた新年会で聞かされた。

「恵那《えな》ちゃん、知らなかったの？」

「当たり前じゃないですかあ」

大げさに声を上げてみても、起こったことがよく理解できていなかった。数学の授業みたいに頭の中で一本線を引き、過去から現在に至るまで、ひとつずつ点を打っていく。その間の月日をなぞりながら、それが示す意味を確かめる。

もちろん、そんなことはしなければよかったのだ。

「じゃあ、私が退職するときにはもう」

「安定期くらいだったんじゃない？　ほら、部長が喪中だったから。宝田さんも年内にはおおっぴらにできなかったみたいよ」

後輩だった岡部が女性だけを集めて主催したそれは、いかにも彼女好みのイタリアン居酒屋とかいう場所で実施された。飲み会開始の十分前に最寄り駅に着いて、まっすぐ来てみたら個室にはまだ誰もいなかった。

退職して三ヶ月以上経つのに、早く到着する癖が抜けていない自分に笑ってしまった。公式の宴会とは別に行われるいわゆる「女子会」は、かつての私や岡部のような、若い契約社員が率先して開かなくてはならないというのが暗黙のルールだ。それを知らない職場の男性陣は、節目ごとに飲み会を主催する私をずいぶん社交的な人間だと思っていたらしい。

久々に改札口を抜けたとき妙に懐かしくて、勢いに任せて職場に顔を出してみようかとも一瞬考えたが、やめておいた。いまにして思えば正解だった。

へらへらと宝田主任と談笑なんかした後だったら、この場で喉を掻きむしっていたかもしれない。

「恵那ちゃんってば、なんか心ここにあらずって感じじゃない?」

「そんなことないですよ、おめでたいなあと思って。宝田主任、溺愛しそうですよね」

女同士で会話するときは、バランスが大事だ。男の人に対してそうするようにただしおらしい相槌に徹していると、急に抜き打ちテストのように適切な返答を求められる。ほかにも気を遣う部分はいくらでもあった。声の高低、返事の速さ、語尾の延ばし方、身振り手振り。問題なくこなせていたはずのことが我ながらぎこちないのは、しばらく人前に出ない生活を送っていたからだろうか。

「たしか、上の男の子だって四十過ぎて出来た子でしょ？」

「やっぱり男の人は娘が欲しいものなのねえ。最後のひと頑張りだったんじゃないかしら」

「あそこはほら、奥さんが若いから。十歳くらい違うっていうじゃないの」

「ああ、あたし一回職場に来てたの見たことあるわ。わりと美人で感じいいのよね」

「でも、ああいうのが意外と怖いのよ。いろいろと遊んだ末に落ち着いたってところじゃない？」

下世話な種に、華やいだ笑い声がどっと咲いた。火のない所に煙は立たずというけれど、あれってそれこそ嘘なんだろうなあ、と私はこういうとき思う。この勢いなら空気さえあれば、いや、真空状態でも発火するかもしれない。

参加者は計六人。二十代の私と岡部、三十代後半がふたり、四十代と五十代がひとりずつ。年末に岡部から来た「お元気ですか？　女子会やりますので空いている日を教えてくださーい」というメールの文面が、皮肉にしか見えなかったことを思い出す。もっともそんな皮肉が言えるほど気の利いた子だったら、むしろもうちょっと仲良くなれていたかもしれない。

そう考えたところで、ななめ前にいる当の本人が意味深に微笑みかけてきた。

すよ」
「そういえば知ってました？　恵那さん、宝田主任とあやしいって噂になってたんで
たちまち、そうそう！　という相槌と、なにそれ私聞いてないわよー、という声に
リアクションが二分された。その反応の速さから、そう突拍子もない発言でもないら
しいとわかった。五対一になった私はといえば、妙に冷静だった。
「なーに、それ。何歳違うと思ってんの？」
「いやほら、恵那さんって落ち着いてるっていうか。同世代なんかつまんなくて相手
してらんないわ、みたいな、物慣れた大人の女感がすごいじゃないですか」
「二十五で大人の女って言われても」
「でもわかる。そのわりに危なっかしくてさ、男は弱いのよ、そういうの」
「宝田さん、恵那ちゃんには妙に親切だったしねえ」
「それは単に、若い女がめずらしかったんですよ」
「やだちょっと嫌味？　言ってくれるじゃないのよ」
突っかかられるのはさりげなく無視をした。やっぱり動揺しているのかもしれない。
「本当に噂になってた？　岡部さんが思ってただけじゃないの」
冗談めかして言うと、「あら、だってあたしも聞いたわよお！」と、横から香水と
ファンデーションの匂う肩が割り込んできた。その情報源がどこだったかは、たぶん

訊ねても無駄だ。

「それにほら、宝田さんのほうにもそんなオーラがあるじゃない」

「そんな？」

「哀愁漂うっていうかさあ。いやいや僕なんて、とかって控えめにしてはいるけど、その実あきらめきれてない、みたいな。淋しげな感じっていうの？」

「不倫ならもっとお金がある人としますよ。ローンあって、子どもいて、しかも奥さんが若いなんて、三重苦じゃないですか」

私はそう言って、この店のおすすめらしいサングリアで口をふさいだ。

恋人がいつか、手軽にうちで作ってくれた自家製のほうが数段上だった。甘ったるい乳臭さと安い酒の味が微妙かつ致命的に嚙み合わない。

「恵那さん、それおいしいですか？」

岡部の質問に対しては、微笑むだけに留めた。

そういえば、いつもこうだった。彼女に関わるとあまりいいことが起こらない。特別不仲だったわけじゃない。なんというか表現を選ばずに言えば、机を並べていたころからこの子はとにかく縁起が悪いのだ。頼まれてチェックした書類に重大なミスがあった結果、残業を手伝わされたり、一度彼女が対応した顧客から後日私がクレームを受けたり。友達や恋人との約束をキャンセルしたこともたびたびあった。不思議なことにそういう事態は、約束を控えているときにかぎって起こるのだ。

でも、と、そこまで考えてから、私は目立たないように溜息をつく。

そういうのは巡り合わせとかジンクスのようなもので、きっと彼女自身、変えようも変わりようもないのだろう。

「東京には、いつまでいるんですか?」

「いちおう三月中は。いろいろ準備もあるから」

「手伝いに来てくださいよお、恵那さんがいなくなってから、うち大変なんです。余裕がないっていうか」

そうぼやきつつ頬に手を添える岡部の、きのう塗ったばかりのようなピンクベージュの爪を見ながら、そろそろ本当に潮時かもしれないと私は思っていた。

その宴会の終わり際、いいかげんみんなが酔っ払ってきたころ、岡部がずっとあからさまに隠していた紙袋をもったいぶって取り出してみせた。

「餞別です。恵那さん、本当にお疲れ様でした!」

明るく言いながら彼女が手渡してきたそれを、私はまるで気づかなかったように目を丸くして、ためらうそぶりを見せつつ受け取った。示し合わせたように、その場の全員が手を叩きはじめる。

送る側はもちろん、送られる側にとっても決まった筋書きだ。私もこうして産休に入る社員さんや、契約期間を満了した先輩たちを何人か見送った。舞台裏で、残された者たちは出せる金額の採算を合わせ、総額から予算をはじき出して、年少の職員が仕事終わりの足を引きずってデパートに赴く。選んだ手頃な贈り物を華やかにラッピングしてもらう一方で領収書はしっかりと受け取り、後日職場でひとりずつ、機嫌のいい頃合いを見計らって直接お金を回収していく。「傾斜つけなくていいよね計算ややこしいから」「端数出たの？　なにか、ちょっとした小物とかつけられない？」「面倒だなあ次の飲み会に回そうよ」。

紙袋はかわいらしい見た目と甘い香りで女性に人気が高い、入浴剤のブランドのものだった。私には、湯船に浸かる習慣がない。実家からいまの部屋に引っ越してからだって、シャワーしか使ったことがない。だけど、当然そんなことは冗談でも口に出さなかった。

「皆さん、ありがとうございます。お世話になりました」

ぱらぱらと石つぶてのような拍手を顔に浴びながら、私はにこやかに頭を下げた。

まずいお酒を飲んだ後は気持ちが沈む。

駅のホームでひとりになったとたん、それまで押し留めていたアルコールが一気に脳天から爪先まで駆け巡った。吐いたり倒れたりなんてことにはならなかったけれど、久しぶりに危なくて、一度途中下車してベンチで休憩しなくてはいけなかった。どんよりと帰宅して、その日は化粧も落とさずに寝てしまった。

九月いっぱいで、契約社員として二年半勤めた会社を辞めた。

退職後は実家に帰ると言ったら、みんな訳知り顔でうなずいて送り出してくれた。社交辞令の枠を超えて惜しまれることも、雇用期間の延長を打診されることもなかった。無遅刻無欠勤でそれなりに頑張ってきたつもりだったのに、呆気ないものだった。去年岡部が入ってきたおかげでもあるのだろう。いかにもマスコット然とした彼女がたちまち職場のアイドルになる様子を見ながら、お払い箱になるってこういう感じか、とのんきに思ったほどだ。

恋人との関係は、入社してすぐのころから始まった。

誰にも、唯一の親友以外誰にも言わなかったけれど、その子に言われるまでもなく自分がいちばん問題を把握していた。それでも一緒にいたかった。決してこちらからは要求しなかったのに定期的にふたりで会いつづけたということは、たぶん向こうもそう感じてくれていたはずだ。

それが途絶えだしたのは、今年の夏に入ったあたりからだ。

宝田さん早退とか休みとか増えましたね、と、当日の朝に電話を受けた岡部が言い、奥さんの具合がよくないみたい、と誰かが答えるのを聞いても、私は電話やメールをしなかった。いつでも連絡していいとは言われていたものの、なにができるわけでもない以上、私の言葉は気持ちを押しつけるものにしかならないと思った。

たまに時間を作ってくれても、青白い顔で言葉少なにしている姿を目にすると胸が痛んだ。本来はたぶん見かけよりもずっと、無邪気で溌剌《はつらつ》とした人だったのに。そう考えるとどうしても核心に触れることは訊けなかったし、距離ができていくのを止められなかった。

そんなふうにぐずぐずしていたら、私の契約期間の満了の日が来てしまった。

そして、ふっつりと会うこともなくなった。

私は毎日をほとんど引きこもって過ごしたし、毎年オフィシャルな表情で送られてきていた、家族連名の年賀状が届かなかったのも気にしないことにした。まるで卵の中で変形していく雛鳥みたいに、じょじょに自分の気持ちを落ち着けようと努めた。

ここが潮時だったのだと、思うことにした。

終わらせるなら平和に。初めからなにもなかったみたいに。それが、せめてもの望みだった。距離を取ったのは、私のほうだ。そう信じ込んでいた。

あのときまでは。

迷った挙句にメールを打ったのは、新年会の三日後だった。その間、部屋の外には一歩も出なかった。

「会社の飲み会で聞いたよ。娘さんが産まれたって本当？」

会うこともない娘とやらに「さん」付けするのは妙な気分だったけど、ほかに言いようもなかった。ただ、それによって、存在がよりリアルに感じられて暗澹とした。

十分ほどうたた寝をして、ちょうど目覚めたころに短い返信が来た。

「言ってなかった？」

思わず笑ってしまった。

想像していたよりも、ショックじゃなかった。

聞いてないよっ、と絵文字をつけて送ると、それは申し訳ない、と返ってきた。いつものように装飾のない文面で。それを見ながら一往復ごとに頭が冴えていったのは、ちょうどそのタイミングで入れたコーヒーのせいだったのかもしれない。おめでとうございます、とニコニコマークをつけてメールを重ねたら、すぐに五文字で返事があった。

「ありがとう」

横着なところのある恋人は、メールを返すとき自動で引用される、相手方の本文を削除しない。自分が送った脳天気な絵文字を見ていたら、なんだか急にすべてがばかばかしくなった。

あちらから連絡が来ることは二度とないだろう。

あの人のことはよく知っているという思い込みがこうも簡単に破られて、それでも予測を立てようなんて脳天気もいいところだ。たった二年と少し、その間に、ひっそりと何十回か会っていたに過ぎない。認めてくれる人もいない中、その程度の月日を積み上げたくらいでなにをいい気になっていたのだろう。

だけどやっぱり、その言葉は確信として湧き上がってきた。

これで終わりだ。たぶん恋人は、ずっとこの瞬間を待っていたのだ。もしかしたら、娘が出来たとわかるはるか以前から。

そう悟ったいまとなれば、あの人の言動のすべてが、出会いも喧嘩も睦言も、微妙に縮んでは開いていった距離感も、なにもかもが。私との関係をこうして断ち切るための、壮大な伏線だったように思えるのだった。

「自分で言っててまさか、マジでそんな世迷言信じてないよね？」

その日の夜、新宿三丁目駅近く、旅行会社の入ったビルの地下一階にあるカフェで話を聞かせてみたら、案の定メリッサは烈火のごとく怒った。

「サイッテーさいてーそんなのもう最悪！　ああもうなんつーか——ベリーバッド？」

思わず「最も悪いならワーストでしょ」と突っ込むと、ゴシックロリータ特有の揃った前髪越しにすごい目で睨まれた。付け睫毛の一本一本までが必要以上に逆立って見える。

「他人事みたいに言ってんじゃないよ、この脳内お花畑女！　なに、そんだけコケにされといて、そんな上っ面のメール一本で解放してやったわけ？」

「解放なんて大げさな」

「要するにガキが出来たこと隠し通された挙句、面倒くさくなったけど自分は悪人になりたくないからってこっちが身を引くように踊らされてたんでしょ？　しかもアンタは、それを自分から終わらせてやったと思い込んでいたと」

「終わらせてやったって、そんな上から目線な」

「さっきからいちいち誰に気を遣ってんのよ、植民地の先住民かっつーの！」

適切なようでいてその実まったく見当はずれな比喩に、笑いそうになったけどなんとか堪えた。少しでもにやけたが最後、ただでさえ激しい罵詈雑言が百倍になる。

「しかも後は野となれ山となれ、アンタが傷つこうとどうなろうと知ったこっちゃないのが見え見え。主導権、握られっぱなしじゃない。一発もぶちかましてやんなかったの？　なっさけないわね。いくら田舎の実家に帰るとはいえ、そんな甘い態度じゃどこ行ってもカモになるのがせいぜい。あんまり世の中なめんじゃないよ」

隣のテーブルには、私と同世代らしき女性がひとりで座っている。席同士の間隔が狭いので、読んでいるのが漱石の随筆であることまで判別できる。彼女はコーヒーを飲んだり携帯電話と本を交互に眺めたりしながら、さりげなく、でも高い頻度で、メリッサの横顔をちらちらと盗み見ていた。その対面、彼女のななめ向かいにいる私には、戸惑う様子がよく伝わってきた。

無理もない。メリッサの服装はフリルとパニエでたっぷり盛られた黒いワンピースに白いタイツという、典型的なゴスロリファッションだ。実用性皆無のカチューシャからはみ出るのは、世界の終わりにも崩れまいという螺旋状の縦ロール。その横髪から漏れてくるのが艶めくテノールなのだから、耳を疑うという行為がこれほどふさわしい状況もそうあるまい。

ときどき、彼女の視線がさっとこちらを撫でた。私はそこに映る自分の姿を想像してみる。最近美容院に行っていないから根元が黒い、でもいちおう形は整えてある内巻きのセミロング。若いけれど若すぎない顔。グレーのニットワンピースに黒いムートンブーツ。向かい側がうるさいからあまり口を開かないものの、声も普通だ。要するに私が思いのほか平凡な、つまり自分の同族と思しき女だから、それがよけいに違和感を覚えさせているようだった。

「ちょっと聞いてんの！」

メリッサはいっこうに気にせず、機関銃のように私を罵りつづける。好奇の目で見られていることを自覚しているのかいないのか、はたまた慣れているからどうでもいいのか。

「ありがとうメリッサ、そんなに怒ってくれて。だけど——」

「なにがありがとうよ！　あたしはねえ、立命館にじゃなくてアンタに怒ってんのよ。アンタみたいになんにも考えてないせいで利用されるだけされて、そのくせ全部思い出だしいい経験になったわなんてしゃあしゃあと言ってのける阿呆があたしは大嫌いなの。学生のころからぼさっとはしてたけど、その愛人体質奴隷体質どうにかなんないの、死ななきゃ治らないわけ？」

「立命館じゃなくて同志社だよ」

「どっちでもいいわよ！」

メリッサは最後まで私の恋人の名前を覚えなかった。あるいは口にしたくもなかったのかもしれない。だからといって出身大学で呼ぶのもなかなか独特な感性だ。ファッキン！　と、自重していたらしい単語をけっきょく吐き捨てて、メリッサはフォークをフレンチトーストに突き立てた。

この店の名物であるそれは童話に出てくる食べられる雲みたいにふわふわしていて、いくら食べてもお腹にもたれないしべたつかない。甘さはメープルバターとホイップクリームで調整するのだが、メリッサは双方山盛りにして食べる。溺愛のあまり一時期は週二で来ていたそうだが、こうもぞんざいに、憎しみさえ込めて口にしたのはおそらく初めてだろう。

隣の女性が身をすくませた。心なしか、私にまで非難がましい視線が注がれた気がしてさすがにいたたまれなくなる。すみません、私がふがいないばっかりに友人が怯えさせまして。

「だいたい、そりゃひとり経験してれば多少は慣れてるだろうけど、それでもガキが出来るってけっこうな事態よ？　潜伏期間込みとはいえ半年以上も気づかなかったってどういうことよ、短大でなに勉強してきたわけ？　この鈍感女」

「そうなの。気がつかなかった。気づきたくなかったのかもしれない」

「ばかねえ問題先送りにして。なんにもなりゃしないのに！　アンタ昔からそう」

「先送り以外、なにかできたかな」

機関銃の口がばくんと閉じた。その様子を見て、私は今度こそ笑ってしまう。

「最初からやんなければよかったって言われたら、そうなんだけどね」

家庭を大事にする人だということはわかっていた。決して愚痴や悪口を言わなかったし、息子の行事や看病のために仕事を休むのも厭わなかった。本来なら、私のほうが拒むべきだったのだろう。

でも、あの人が私の前でだけ、仮面を脱ぐとまではいかなくても。ぴったりとその顔を覆う、家庭人とか職業人とか、様々なレッテルの隙間から一瞬だけ素顔を覗かせ、息をついて、またあるべき場所に戻っていく、その姿を見ると、単純に世間体を気にして拒否するのが正しいとは、どうしても思えなかった。

少しでも休んでもらう役割をしたかった。あの人の帰る場所を壊したり、邪魔をしたりする気にはなれなかった。むしろ、応援するような心地でいた。

「ねえ、私、どうしたらよかったんだろう？」

皮肉じゃなくて本当に教えてほしかったのだけど、メリッサは答えてくれなかった。ただ、さっきより弱く、だけどじゅうぶん怖い顔で私を睨み、「アンタってそういうとこずるい」と吐き捨てた。語気が少し甘くなったのは、フレンチトーストの後味のおかげかもしれない。

私も自分のそれをようやく少し切り分けて、口に含んだ。

出てきてからかなり時間が経つのに、やっぱりふわふわだった。並大抵の技術ではないだろうと思うけど、それがどういうものかは想像もつかない。十八歳で上京して七年。けっきょく、料理には少しも興味が湧かなかった。

私には無理だけど、あの人になら再現できるかもしれない。そう考えていたら、向かいの席から「遠い目すんなっ」といい声で叱られた。

冬になると、軽く曇った日のほうが空が高く見えるのはどうしてだろう。

街全体に漂っていた二日酔いみたいな正月気分も抜けきったころ、すべてが白っぽく明るい平日の朝、久々に近所のスーパーに行って、果物を何種類かとスパイスを買ってきた。日中をいつものように本を読んだりテレビを見たりしながらだらだらと過ごし、その夜、恋人に習ったやり方でサングリアを漬けた。

果物をでたらめに切り、以前メリッサが持ってきた赤ワインと、紅茶に落とすための蜂蜜を一緒に漬け込む。ほかの果物はなんでもいいけれど、バナナを多めに、それも、ちょっとこれはやばいんじゃないかな、と思うくらい熟したものを入れるのがコツだと教わった。

「色はあまりよくなくなるけど、恵那さんは甘みの強いほうが好きだから」

それ以外に適した容器がなかったので、夏に麦茶を常備しておく細長いピッチャーで作ることにした。たまに私の部屋に遊びに来ると、あの人はいつも調理道具の少なさに驚いていた。

「だって、東京だったら一人前自炊するほうが効率悪くない？」

そう言うと、むしろ悲しそうな顔をしていた。笑ってもらおうと電気ポットで牛乳をあたためようとして吹きこぼれさせた話をしたら、逆に絶句させてしまった。普段は凪のように穏やかな人が、精一杯私を傷つけない言葉を選ぶ様子はなかなか稀少だった。傷つけてもかまわなかったのに。

「ホンット、とことん生活能力に欠ける！」

メリッサも最初は呆れていたけれど、同じ理屈を言うと納得してくれた。基本的にメリッサは寛容なのだ。私はあの子と、保育士免許を取るために入学した短期大学で出会った。そのころからの付き合いだから、わかっている。メリッサにとって私は年端もいかない幼児たちと同じだ。今回だって、べつに本当に私が受けた行為に対して憤っているわけじゃない。ただ私が怒らないから怒るのだ。

「そもそも、その後輩の女とかババアたちもいけ好かないわね。辞めて反論できない状況になってから『じつはあのとき』なんて、しかも飲み会で言うなんて卑怯もいいとこ。事実じゃなくても陰険よ。アンタそいつのことといびってたんじゃないでしょうね？」

「私が？　まさか」

「どうせ辞めた職場なんだし、ワインでもぶっかけてやりゃよかったのに」

そっちじゃあるまいし、と思ったけどさすがに口にはしなかった。

「いない場所ではもっとこっぴどく言われてたんでしょうね。アンタなめられやすいから」

「どうせ本当のことなんて半分もないよ。耳に入らなければ、ないのと同じ」

私が答えると「そんなの志が低い！」と意味不明の叱り方をされた。

サングリアをしまおうと、流しの下の扉を開けた。扉の裏に包丁とプラスチックのまな板が挿さっているだけで、後はほとんどがらんどうだ。少ない食器類はいつのまにか水切りカゴが定位置になってしまった。

その、病室を思わせる殺風景な空間の真ん中に、ぽつんと、というには重量感のある大きな瓶が置いてある。

中には小さな球がぽこぽこと、ひとつらなりになった生き物のように詰め込まれていて、被るくらいに注がれた琥珀色の液体から息苦しげに青い肌を覗かせている。球同士の重なった部分が黒く淀んだ影になり、それらを覆う液体は、見るたびにどんどん色が濃くなっているようだった。

私はその場に屈んで、瓶をずるずると引っ張り出した。重くて、あまり動かない。運動なんて縁がなさそうな恋人は、軽々と上げ下ろししていたのに。少し驚いた。

あの人の家には、五月になると大量の梅が届くという。

「妻の実家から」

「じゃあ、愛妻弁当ならぬ愛妻梅酒ですか！」

「ああ、でも息子が生まれてから、やはりアルコールは家では。梅シロップというのか、ジュースというのか。そちらのほうが、子どもも喜ぶので」

職場で宝田主任と岡部がそんな話をするのを、私はエクセルの数式を直すのに苦戦するふりをしながら聞いていた。

「いいですねえ、飲んでみたーい」

「じゃあ、ちょっと分けましょう。妻に言っておきます」

えーいいんですかー、という岡部の高い声を、うらやましいと思った。このくらい惜しげもなく、自分の中の性を売り物にできたらどんなにいいだろう。そんな、素直でかわいい普通の女だったら。

「恵那さん、どうかしましたか」

「ああ、宝田さん。すみません。ちょっと、わからないところがあって」

「ん？」

宝田主任の席は、私のななめ向かいだった。旧式なデスクトップパソコンは机から動かせないから、私は座ったまま、彼が横に来るのを待った。

「ほら、ここに変な数字が出ちゃうんですよ」

「ああ……これね。たぶん何年も同じシートを使って、そのたびにみんながいじるからおかしなことになってるんじゃないかな。貸してくれますか」

そう言って宝田主任は、私の肩越しに覆いかぶさるような姿勢になった。そう巨体ではないが、それでも私をすっぽり包む程度の上背はあった。

そこまで回想してから、当時から向かいの席にいた後輩の存在を思い出した。あのころにはもう、私と宝田主任を面白がって観察していたわけだ。

でも、彼女を責められない。無理もない。宝田主任とほかの人が話しているとき、私はばれないように、だけどできるだけ聞き耳を立てたり盗み見をしたりしていたから。仕草や口調や話題に、彼が築き上げ、そして帰ってゆく家庭の匂いがしないかと。

宝田一行《かずゆき》主任は私より二十歳上。私が契約社員として勤めた小さな電機メーカーの正社員で、経理担当ではいちばんの古株だった。

朴訥な見た目は、写真を持って街頭インタビューをすれば十人中七、八人が「真面目そう」か「やさしそう」と答えるだろう。平均より少し高い身長と長い首、垂れ気味の目元が、キリンとかガゼルとか、ああいう草食動物を思わせた。やや鷲鼻気味で、四十にして掛けはじめたという縁なしの老眼鏡がよく似合った。飲み会では焼酎派で、お酒が進むと煙草の量が増えた。いつも折り目正しい丁寧語でゆっくりとしゃべるからどこか文学者めいた印象だったけど、それとは裏腹に機械と数式に滅法強かった。結婚早々に東京と埼玉の境目あたりに二階建てのマイホームを購入し、そしてその家で、自宅の一部をピアノ教室にしている十歳年下の妻と、四歳の息子と三人で暮らしている。

実のところ、私はそのピアノ教室に通っていた。それどころではなくなるまで。

途中まで習っていたのは、ある映画の有名なクリスマスソングだった。簡単にアレンジした楽譜をわざわざ探してもらって、いまだにうちにあるけれど、だからといってひとりではどうしようもない。好きな曲だったので、最後まで弾き終わることができなかったのはもったいなかった。

そういえば、あの曲にふさわしい季節はとっくに終わってしまったのだ。でも、それでよかったのかもしれない。誰にも完成した演奏を聴かれないまま、打ち捨てられた楽譜。あの繊細で美しい旋律には、拙い腕で奏でられるよりむしろ似合いの状況だろう。

そう、それで、この梅酒だ。

しだいに距離ができていく、さらに言えば梅雨に入る直前、なにもかもが生命力をつけて、妙にあざとくきらめくような昼下がりだった。自分以外の家族が実家に戻ったとかで時間のできたあの人が、膨らんだ袋を下げていきなり私の部屋にやって来た。

「二〜三リットルの瓶を」

「そんなの常備してるわけないでしょ！」

私は急いで近所の百円ショップとスーパーに走った。その途中に電話があって、「秤《はかり》がないみたいだけど気のせいかな」と、気遣ったつもりで逆に嫌味になっている質問をされた。ふたつとも買って戻ってくると、あの人はかろうじてパスタ用にあった小さなざるで窮屈そうに大量の梅を洗いながら、「恵那ちゃんはなにを主食として生活しているの？」と訊いた。

恋人の目的は、うちに飲みに来たメリッサが置いていったきり、季節を越えて放置されていた泡盛だった。タオルで拭いた梅の実を口の大きな瓶に詰め込み、酒にうるさいメリッサのお墨つきを得た度数の高い古酒を惜しげもなく注ぎ入れ、仕上げに塊状の沖縄産黒糖を、これも惜しみなくがらがらと入れた。

「すごい色」

「これがグラニュー糖や氷砂糖だと、最初はびっくりするほど透明で、じょじょに色が染みてくるんだよ。でも、このくらいのほうが自家製という感じがするね」

「早く飲みたいなあ」

「最低でも一年寝かせないと風味が尖るよ」

「待ちきれないよ、そんな気の長い話！」

「待たないのがこつだね。目につかないところにしまって、すっかり忘れたふりをしておく。そうすれば、いつのまにか本当に忘れてる」

私はのんびりと言う恋人の横顔を、見ることができなかった。

では一年は一緒にいてくれるつもりなのだ、と思った。正確に言えば、一年と少し。そんなふうに信じていた、信じたがっていた自分に苦笑する。なんて健気で愚かだったんだろう。

それからほんの少し後、ピアノのレッスンを受けにあの人の家に行った。

亮子さんのピアノ教室は、派手な宣伝や広告をしていなかった。門のあたりに表札よりひと回り大きい程度の、控えめな看板が下げてあるくらいだった。その横を通り抜け、鍵の掛かっていないドアを開けると、こざっぱりとした玄関が見える。花と音符の中で小鳥が歌うイラストの描かれたマット、必要最低限の靴がきちんと端に寄せられた三和土《たたき》。右側は壁全体が収納になっていて、左側には、私の胸ほどの高さの靴箱があった。その上には家族写真が流れるデジタルフォトフレームとか、小さな額縁に入ったセザンヌの絵とか、あちこちから集まってくるらしい、花や犬の飾り物なんかが置かれていた。そこを上がってすぐ左手の重い扉の向こうが、ピアノと小さな応接セットのある防音のレッスン室だ。

ずっと変わらなかったその光景の中に、突然、写真や置物を隅に追いやって黒ずんだ大瓶が割り込んだのだから、気づかないほうが難しかった。

「玄関のあれは、梅酒ですか？」

「そうですよー」

挨拶抜きで訊いた私に、亮子さんは明るく答えた。

その日は少し早めに行ったので、前のレッスンの受講生がまだ片付けをしていた。

妙に暗い目をして、いつも襟のある服を着た、十代と言われても四十代と言われても納得できてしまうような、年齢不詳の小柄な女だった。私はその得体の知れなさが、なんとなく不健全に感じられて苦手だった。

「どれくらい前に仕込んだもの？」

「ついこないだですよ。息子が産まれてから作ってなかったんだけどね、例年以上に梅が豊作だったみたいで久々に」

「お酒、あんまり飲まないんですか」

「まさか。私も主人もザルですよ」

「じゃあ、あんな場所に置いたら待ちきれなくなりません？」

ふふ、と愉快そうに笑う、亮子さんの顔は小さかった。

彼女はいつも、顎の少し下あたりで髪を切り揃えていた。ピアノを弾くときはそれを無理やり後頭部にまとめて結ぶから、目尻がきゅっと上がって見えた。首がむきだしになると子どもがいるとは思えないその華奢さが際立ち、作り物めいていて儚かった。いまにも頭が音を立てて取れてしまいそうだった。

彼女の夫はこの首を見て、いとおしくなったり、あるいはふと手を絡みつけたくなったり、するのだろうか。

隣で譜面を指さす横顔を見ながら、よくそんなことを考えていた。

「恵那ちゃんは、若いからねえ」

「そんなに変わらないじゃないですか」

「主婦なんて、次にやることを探して生きているようなものだから。隠してしまうと　むしろ気になってね。あのくらい目立つ場所にあったほうが、だんだん忘れて、とい　うか慣れて、しだいに背景になってくれるものですよ」

「夫婦みたいに？」

私は、彼女のためではなく自分のために、皮肉っぽくなりすぎないよう冗談めかして言った。亮子さんはそれには答えず、やさしい目で私を見た。

「じゃあ、前回の復習から始めましょうか」

とたんに泣きたいほど惨めになった。だから代わりに、へらっと笑ってうなずいた。きりもなくもつれては引き出される記憶を、小さく首を振って追い払う。

梅酒の瓶を両手で挟み、額を寄せた。ときどき揺すったり上下を入れ替えたりするのを忘れないように、と、これを漬けた日の帰り際、あの人が言ったことを思い出す。だけど、ものぐさな私は一度もそれをやっていない。

少し力を込めて傾けると、梅の実がごとんと音を立てて動いた。

両手で瓶越しに琥珀色の液体をあたためながら、その向こうにじっと目を凝らしてみる。すると、どろりと粘度のありそうな影が揺らめいて、やがて瓶の表面の光がぼんやりと、いくつかの像を結んだ。

丸と丸が重なった隙間から、セピアがかった小鳥の玄関マットが見える。

さらに意識を集中していると、おもむろにドアが開くのがわかった。

「ただいま」

その響きを額で感じると同時に、スーツを着た長い脚が入ってきた。いまの時期は比較的残業が落ち着くから、子どもが起きているうちに帰れる。いつだったか、宝田主任がそう言っていた。

ぼたぼたぼたっ、と硬いものとやわらかいものがぶつかる忙しない音がして、梅の実みたいにまるい頭をくっつけた、小さな後ろ姿が宝田主任の鞄にしがみついた。

「おかえりっ」

「ただいまぁ」

主任がもう一度言う。のんびりと、しかしどこか嬉しそうに。

「ママーパパかえってきたー」

「はーいはい」

今度はぺたぺたと、さっきよりも平べったくて落ち着いた音が近づいてきた。

目を閉じて、みっつ数えてから開ける。

白いバレエシューズ型の室内履きを響かせ、ロングスカートの裾をさばきながら、亮子さんが玄関マットの前までやって来た。

「まぁくん、パパのお鞄に乱暴しません」

亮子さんの細い腕が、ゆったりと小さな手から鞄を取り上げる。息子の名前は雅彦。愛称はまぁくん。たぶんだけど、まーくんじゃなくて、まぁくん。

「ありきたりな名前でしょう?」

宝田主任が一度、困ったように目尻を下げながら、携帯電話を回して見せてくれたことがある。たぶん岡部か誰かにねだられたのだろう。職場のデスクに家族の写真を飾ったり、パソコンの壁紙を変えたりはしないタイプの人だった。

長方形の液晶に映っていた光景は、特別なものではなかった。家の近所らしい公園で、小さなすべり台の上に立った雅彦くんと、すべり台の下から雅彦くんを見守る亮子さんがいた。撮った人の技術の問題か、雅彦くんの顔は逆光で潰れていた。

亮子さんは髪を下ろし、ジーンズにパーカーという、ピアノのレッスンのときより活発な格好で笑っていた。パーカーの色はグレーで、ちょっと意外だった。小さい子がいると汚されるから白を好まなくなると聞くけど、亮子さんはほとんど頑ななまでに白い服が好きで、それがよく似合ってもいたから。

「お帰りなさい。きょうは、どうします?」

亮子さんが、私に対するものとは少し違う声で言う。靴を揃える宝田主任の背中に向かって。服の色はあまりわからないけど、形からして黒いロングワンピースに白いセーターを重ねているのだろう。冬場の彼女の定番だ。

「飲みますか」

「すまないね」

「なにが？」

「まだ飲めないのに、君は」

「まぁくんはジュースのむー」

四歳の息子が走り去っていく。それを見送りながら、宝田主任が言う。あくまでも穏やかに。

「そろそろ、呼び方を考えないといけないね」

「え？」

「いつまでも自分のことを『まぁくん』じゃ、後々ね。本人が苦労するでしょう」

亮子さんは立ち上がる。少し間を置いて、「そうね」と答える。枠線からはみ出た感情を、綺麗にまるく刈り取ったような声で。

私の心臓はごとんと音を立てて動く。

同時に梅の実が瓶の中で崩れて、宝田主任とその妻の横顔を隠した。

私はもう一度目を閉じて、ゆっくりと、今度は五秒数えた。数えながら、ふたりを見送ることなく、なめらかにあたたまった瓶の表面から顔を離した。

目を開けた。

重たい瓶を流しの下にしまい直し、少しだけ音を立てて扉を閉めた。


母親から電話があった。最近はとくに頻繁になっている。

千葉の南端にある実家から上京したころから、母が連絡してくるのはいつも土曜日の午後一時から三時の間だ。理由は彼女なりにふたつあって、ひとつは私が出る確率がもっとも高いこと。もうひとつは、

「お昼、なに食べたの？」

「……パスタ？」

「なんで自分のことなのに疑問形なの。それに、また？　先週もそうだったじゃない」

私は右手に携帯電話を持ちながら、左手で氷を入れたサングリアを飲む。

先週の昼食なんて普通覚えていないし、ましてやそれを気にして食べるものを決めたりもしないと思う。この人にかかれば、一ヶ月くらいは私の献立を平気で遡ってきそうだ。

「これだから東京は便利すぎて駄目ね。またお米と野菜送るから。朝食は？　忙しい

からって抜かしてないでしょうね」

「お母さんは元気?」

「話を逸らすんじゃないの。気になるならお正月に帰ってくればよかったでしょう」

「ごめんごめん、忙しくてさ」

わざと明るい口調で言い、そのタイミングでテレビをつけた。ついでみたいに答えたほうが、なにげないふうを装って嘘をつける気がした。

子どものころ、母につく嘘はいつだってすぐにばれた。風邪薬を飲まなかったとか、先生に渡すはずのプリントをなくしたとか、そんな些末なことばかりだったけれど、むしろだからこそ、絶対に見抜かれてしまうのが不思議だった。母は神様みたいだった。私が、とても幼かったときの話だ。

「恵那」

ふいに下の名前を呼ばれると、いまでも喉元を摑まれたような気持ちになる。

「なに?」

なんとか答えると、「また、そんな不機嫌な声出して」と、それこそ不機嫌な口調で返された。その低い響きに、座ったまま天井を仰ぎながら、ああ、と思う。

また間違った。母との会話はいつもこうだ。まるで昔の、テンポが速いシューティングゲームみたい。撃ってもかわしても無限に流れてきて、いつかは疲れてしまいかならず衝突する。

　母は三十で私を産んだ。だから老人というには早すぎるはずなのだけど、それでも加齢のせいか、電話口だからなのか、彼女の声は年々低くなっていく。かつての父の声に似てきている気がする。いまにも背後から聞こえてきそうだ。

　恵那。

　そこにいるのかっ。

　あの、絶望的な響き。

　それを払拭しようと、私は仕事用の高い声を久しぶりに絞り出す。

「ごめんね。仕事とか飲み会とか、いろいろ用があったから。声、割れてるのかも」

「あら、あんた飲めるの？」

「少しね」

「ああそう。あたしは家系的にまったく駄目なのよねえ」

　沈黙が降りた。それを埋めるように、母は急いで続けた。

「お酒はほどほどになさいよ。転んで頭でも打ったらどうするの？」

　あまりにあからさまな心配のしように、思わず内心で笑ってしまった。

　私が十三歳のとき両親は離婚した。母と私が父の中村姓を名乗りつづけることに、母方の祖父母も伯父も、当初はいい顔をしなかった。職場でなにかと不都合があるし恵那もかわいそうだから、ただでさえあんな大きな騒ぎになってしまったんだし、と説明する母親を見ていたら、いくら子どもでもなにも言えなかった。幸いありふれた苗字なので行く先々で誰かと被ってしまい、結果、名前で呼ばれることのほうが多かった。短大でも、卒業後に就職した保育園でも、その次に三ヶ月で投げ出した職場でも、その後勤めた、つまり先日辞めたメーカーでも、亮子さんのピアノ教室でも。

だけどそういえば、メリッサを除いてはほとんど誰からも呼び捨てにはされなかった。メリッサはしょっちゅう怒っているので、いまさら語気を強めて呼ばれても抵抗はない。だから私をこんなふうに怯えさせることができるのは、いまや母だけなのだ。

「飲み会って、誰かいい人はいた？」

「職場は既婚者ばっかりだもん」

「せっかく東京にいるのにねえ」

「仕事が忙しくて」

「あんた本当にそればっかりじゃない。もう早すぎるってことないんだからね」

「はーい」

きょう、母から電話が来ることはわかっていた。

だからいつでも言えるはずだった。シャワーを浴びながら、ベッドに入って天井を眺めながら、暗唱の練習さえした。おかげで一字一句間違えずに諳《そら》んじられる。

ねえお母さん、私、そろそろ戻ろうかな。

もう、東京はいいかと思うの。資格があるから働こうとすればどこでだってできるし。あとほら、こないだそっちで結婚相談所に登録しないかって言ってたでしょ？　それも悪くないなって。七年も好きにさせてもらったから、いいかげん、親孝行しないといけないものね。

今回の職場で最後までやり遂げたら、実家に帰る。

そのことは、もうだいぶ前から決めていた。なにをこんなに言いあぐねているのか自分でもわからない。九月末に退職してから、来月、年内、やっぱり年度末で、と、ずるずる引き延ばしつづけている。

「――あ」

午前中、洗濯物を干すときに、窓を閉め忘れたらしい。

どこからか、細いピアノの音が部屋に忍び入ってきた。たぶん近所の小学生あたりが習っているのだろう。拙いわりに妙に力強く、ところどころ落とし穴にはまるように盛大に踏み外しながら奏でられる音の連続は、やがて私の脳内でひとつの旋律となる。

「どうしたの、恵那？」

なんでもないよ、と私は答えて、グラスの中の氷を揺らした。

見知らぬ弾き手が躊躇なく間違えながら情緒もなにもなく一定の強さで弾くそれは、私が亮子さんから最初に習ったものだった。ピアノ教室に通いはじめた当初、弾きたい曲はありますか、と問われて真っ先に挙げたのがこれだったのだ。いまでもたまにコールセンターや病院の受付の保留音になっていたり、テレビコマーシャルの後ろで流れていたりするのでどきりとする。

――主よ、人の望みの喜びよ。

バッハが音楽の父とはよく言ったものだ。

亮子さんのピアノ教室を紹介してくれたのは、ほかならぬ宝田主任だった。初日の歓迎会で、私が保育士免許を持っていること、短大を出てから約一年、それを使って働いていたことに上司が触れた。私は前の職場についてなるべく話したくなくて、代わりに、エレクトーンの演奏が苦手でなにを弾いても力みすぎで軍歌みたいになってしまったことを冗談めかして伝えた。みんなが笑う中、宝田主任だけが大真面目に言った。

「では、妻がお役に立つかもしれません」

保育士に復職する気なんかなかったくせに、私はその話に乗ってしまった。まあ、旦那さんの紹介だったら月謝も安くなるかもしれないな、くらいの気楽な考えだった。まさかこんなことになるなんて、誰が想像できただろう。

「恵那さん？」

宝田主任は私を「恵那さん」、亮子さんは「恵那ちゃん」と呼んだ。

だけどふたりとも、ときどきお互いの呼び方が混線することがあった。亮子さんが「恵那さん、ここね」とレッスン室で言うのはまだしも、宝田主任が職場で、あの物静かな声と折り目正しい敬語で「恵那ちゃんこれお願いできますか」なんて言った日には、周囲はちょっとした騒ぎだった。もしかしたら、それも噂の原因だったのかもしれない。

ふたりは家で私のことを話すのだろうか、と、この現象が起こるたびに考えていた。宝田主任が脱ぐ背広を受け取りながら、亮子さんが「きのう恵那ちゃんが来ましたよ」と言う。宝田主任は足にまとわりつく息子を抱き上げて、「そうですか」と答える。あるいは逆に、宝田主任が「恵那さんがきょう持ってきました」と、私が母に送られるたびに持て余して職場で配っていた柿だの落花生だのを亮子さんに渡す。彼女は白いビニール袋や四角いデパートの紙袋の口をちょっと開け、なにが入っていても「お礼しておきますね」と微笑む。

そんな光景を、たぶんそのとき思い浮かべていたんだろう。

「ちょっとしたクイズなんですけど」

一度、我ながらすごく意地の悪い気持ちで訊いたことがある。

恋人は一拍間を置いて、風にそよぐように首を傾げた。

そのやりとりをした場所はもう忘れてしまった。私の部屋かもしれないし、何回か行ったホテルだったかもしれない。

「とある家があります。ひとり娘がいて、その子の部屋はちゃんと二階にあります。なのに庭に、娘の使っていた学習机が置いてあります。なぜでしょう?」

うーん、と真面目に考え込むその仕草を、私は冷ややかに眺めていた。

「買い替えようとして、途中で力尽きた?」

「違います」

「青空教室とか、そういうなにか」

「もっと、なんていうか笑える」

「ええ……家の床が抜けた?」

「あー、ちょっと近づいたかも」

正解はねえ、と言ったとき、私はなにを思っていたのだろう。

「娘の父親が、二階の窓から放り投げたから。ね、笑えるでしょ?」

もちろん、あの人は笑わなかった。

「あれ、つまらない? もしかして、笑い事じゃ済まないでしょとか言っちゃう世界の人ですか?」

「そんな世界はないでしょう」

真顔で言う相手の首を、私は無性に絞めたくなった。殺意からではない。あまりの違いに耐えられなかったのだ。目の前のこの首の持ち主は、世界はひとつだと言い切れる世界の人なのだということに。

「怒りに任せるにしても」

恋人は淡々と言った。目線は微妙に合わなかった。

「重労働だ。途中で我に返らなかったのかな」

「たぶんだけど、持ち上げた時点で『ん?』ってなったと思うんだよね。でも、そういう人だったの。だからやめようじゃなく、引っ込みがつかないから、最初からこうしたかったたってふりをするの。正しさなんて関係なく、ただ、いたたまれるかいたたまれないかだけで」

「『いたたまれる』という使い方は、しないよ」

「でも、なんとなくわかるでしょ?」

返事は静かな微笑だった。

二年後、学習机と同じように二階の窓から放り出されたのはそのひとり娘、つまり私だ。それも伝えようと思っていたけれど、目の前のやわらかい、曖昧な笑顔をまだ見ていたいという理由だけで言わなかった。

私は十二歳だった。父親は私が幼いときに身体を壊したせいでそのころにはもう仕事をしていなかったけれど、ほとんど家に寄りつかずにふらふらしていた。どうしてその日にかぎってうちにいたのかは知らない。とにかく夕方、当時から勤めていた病院から帰宅した母が、庭に落ち葉まみれで転がる娘と、玄関を開けてすぐ、階段の下でのびている夫を見つけた。

私は母の勤務する病院に担ぎ込まれ、まる一日くらい意識不明だったらしい。目が覚めてからしばらくは大人たちに囲まれ、やさしい口調でなにがあったのかを訊かれつづけたけれど、答えられなかった。前後の記憶がすっかりなくなっていたからだ。

母はずっと付き添ってくれた。母方の伯父と祖父母もたびたび来てくれた。もちろん父親は姿を見せなかったし、それ以降も二度と会うことはなかった。

おかしなことに頭を打つ前はおろか、目覚めた後、退院して生活が落ち着くまでの記憶もほとんどが白んでいて思い出せない。ただ、何度も病院に通って問診を受けたこと、ＭＲＩという名の検査で機械の中に全身を挿し込まれる前に「大きな音がするけど怯えなくていいからね」と母が手を握ってくれたことだけは、妙にはっきりと覚えている。

伯父と祖父母は、口々に母を責めた。おまえの見る目がなかったせいだとか、恵那はきっともうまともな恋愛ができないとか。反論せず黙って聞いている母に、私は、大丈夫だと伝えたかった。なにも覚えていないのだから、怯えようもない。だけど逆に母を悲しませるような、そして、取り返しのつかない嘘をついてしまうような気がして、ついに言えなかった。

母は岐阜にある実家にも戻らず、同じ土地で、同じ病院事務をしながら私を育てた。祖父母から多少の援助は受けているようだが、それでも家のローンのことも、学費のことも、一度も口に出したことはない。こちらが提案した仕送りも「私が稼いでいるうちは必要ないわ。あんたが結婚するときの資金に回しなさい」と断られた。そんな母をできるだけ大事にしてあげたかったし、いまだってしてあげたい。

それでも、実家を出た。母に不満があったわけじゃない。ただ、両親が新婚当初に買ったという中古住宅の、あの音を立ててきしむ階段を上るたび、薄緑色のタイルを貼った浴室に裸足で立つたび、勉強部屋で机の代わりに母が買ってくれた卓袱台の前に座るたびに、後ろを気にしつづけることには耐えられなかったのだ。

恵那、そこにいるのかっ。

あの粘っこくまとわりつくような、なにかを呼び覚ますような声。

ふと蘇った感触、肩に掛けられた手の幻を振り払うように、私は目の前の恋人に向かって笑い直した。

「私の名前ってばかみたいですよね」

「かわいい名前じゃない、恵那」

「ほら、呼び捨てにすると口がぱかっと開くでしょ。舌もほとんど動かさないし。なんかもう、どんなに正気を失うくらい怒ってても、軽々しく呼べちゃうっていうか」

「『ロリータ』の冒頭みたいだなあ」

「あの話もね、女の子がエマとかだったら展開は違ったと思う」

「あれも正確に言うと愛称なんだけどね」

「たぶんその場合だったら、奴隷みたいに扱われるのは女の子のほうだったんじゃないかな。いかにもぞんざいにして大丈夫そうだもん。叫んで、呼びつけて、振り回して、壊して、ばらばらになっても誰も悲しまなくて――」

「恵那さん」

あの人が、私の肩を抱いた。

唇が耳の近くに来て、もう一度置き直すように、恵那さん、とささやいた。

私は顔を上げられなくなった。耳の中で、その響きを転がした。

いいムードの最中とかセックスをしたいときだけ下の名を呼び捨てにするというのは、わりとありがちな発想らしい。私たちはお互いに、そういう芝居がかったことを好む人種ではなかった。だからこそ一緒にいて安心できた。

だけど。

「もう一回呼んでください」

「恵那、ちゃん」

「もう一回」

「恵那ちゃん」

「もっと」

「恵那ちゃん。恵那ちゃん。……恵那ちゃん」

肩を抱かれて、気が狂うほど名前を呼ばれながら、私は手で顔を覆った。

あの人がそれを口にするときだけ、私は自分の名前を好きになれた。

私を呼んで。最後に私を、その口の中に閉じ込めて。私という人間のつまらなさを、小ささを、真空パックでしまうみたいに封をして。いちばん近くにいる人の口癖がうつった呼び方でも、そうでなくても、なんでもいいから。

お願いだからそばにいて。

「――恵那？」

母親が、現実の通話口から呼びかけてきた。

我に返って手元を見た。グラスの中身はほとんど空になっている。床に直接それを置いて、水滴が垂れるのを無視して立ち上がり、半開きの窓に額を寄せてみた。

「お母さんは、なにか変わったことあった？」

「相変わらずよ」

たしかに相変わらずの愚痴ばかりを繰り返す母は、だけどそのぶん、安らかな存在でもある。同じ話をずっと聞かされるということは、どこでどう相槌を打てば相手が喜ぶか、学習できるということだ。

私は、母に喜んでほしい。女手ひとつで私を育ててくれた母。私のために苗字を変えなかったと言う母。自分があんな目に遭ったにもかかわらず、正しい相手と結婚すれば私が幸せになると、真剣に信じているらしい母。

七年は、いい頃合いかもしれない。

冬の日が、高い場所から早くも傾きかけている。

けっきょく肝腎なことを言い出せないまま通話が終わったときには、すでにあのピアノの音もやんでいた。携帯電話を耳から下ろし、しばらく外の景色を眺めた。三階建ての角部屋からは、一軒家だったり集合住宅だったり、いろいろな建物の群れが見える。でも、そのひとつひとつの中にどんな生活があるかはもちろん見当もつかない。

しばらく風にカーテンをそよがせてから、窓を閉めた。床のグラスを拾って流しに持っていき、母の疲弊と一緒にワインの色を洗い流す。すべてを許すようなあの旋律を、小声で口ずさみながら。

主よ、

人の望みの、喜びよ。

メリッサの本名は林和之という。偶然にも、宝田主任と同音だ。出会ったころは普通に男の格好をしていた。数年前に共学になったばかりの短大で、同級生の男子は十人足らずだったからそれだけで目立った。百六十センチの私よりやや背が高いくらいで、体重はたぶん、その身長の男性の平均値をだいぶ下回る。それはいまでも変わらない。

目は、女性陣の嫉妬を浴びるほどくっきりとした二重だった。髪はつねに短かった。服装はお洒落ではなかったけど、そうセンスが悪くもなかった。授業のときだけ銀縁の眼鏡を掛けていて、その横顔を楽しみにしている物好きな子もいた。ほかの男の子たちが女っぽすぎたり垢抜けなかったりする中、バランスが取れた「林くん」は女子の間で話題に上ることが多かった。

私は彼を「手足の大きい人」として認識していた。身体の華奢さとは裏腹に手と足だけが妙に大きく、節が膨れていたからだ。纏足ってあるけどあれの逆だね、と一度友達に言ってみたことがある。微妙な顔をされたので共感は得られなかったらしい。

入学して半年くらいすると、その友達のひとりと林くんが付き合いはじめた。そして冬休み、ふたりを幹事とした合コンが主催された。彼のバイト先の男性が四人と、私も含めた同級生の女性が四人。

そのときのことは、いまでもあんまり思い出したくない。

新宿にある、騒がしいチェーンの居酒屋で、個室にもなっていないテーブル席だったから、左右を宴会の団体に挟まれていた。私が座ったのは左端の席で、隣では若いサラリーマンたちが胸の悪くなるほど卑猥な話をしていた。内容を思い出せないのが不幸中の幸いだ。

途中でいわゆる席替えがあったけど、林くんは「幹事だから」と言い訳をして、ずっと私の真向かいで薄いビールを飲んでいた。彼女のほうは席替えにも参加し、隣に来た男に肩を組まれそうになったりしていたのだけど、そちらを一顧だにしないのも印象的だった。騒ぎ立てるのも格好悪いから意地を張っているのかな、と思った。

私はといえば、なあなあのうちに同じ席に残りつづけていた。

「レナちゃん楽しんでる？」

右隣にいた友達がトイレに行った隙に、男の子のひとりがそう言って私の横に座った。

宴会も終盤になったころだった。なぜ覚えているかといえば、コースで出た鍋の締めとして雑炊のセットが来て、林くんがむっつりとそれの準備をしていたからだ。

「はあ」

名前を間違えられたことには気がつかないふりをして、私はさりげなく彼から遠ざかった。大きな音を立てるもの、とくに酔って声が大きくなる人は苦手だった。父がそうだったから。

「ぜんぜん食べてないじゃん大丈夫？」

「いや、けっこう食べてますよ」

人の箸が触れたものは好きじゃない、なんて言ったら潔癖症だと思われそうで、曖昧にごまかした。食べずしゃべらずでいれば当然飲むしかなくて、あの日は我ながらめずらしくだいぶ酔っていた。

「なんかレナちゃんってさあ、ひとりだけ余裕のオーラあるよね。もしやすげー年上と付き合ってたりする？」

「いやそんな、高校も女子高でしたし」

「おい、ちょっと火消して」

林くんの不機嫌な声が割り込んできて、ようやく男が少し離れた。

安堵していると、林くんと目が合った。彼は無言でちらっと視線を横に動かした。それが「いまのうちに逃げろ」の合図だと知ったのは後日のことだ。当時は意味が摑めず、ぼんやり見ているうちに右側から強い力で肩を抱かれた。

なんだよつれなくすんなよ、と語気を強められ、それから冗談めかして「れーなー」と揺さぶられた。

その酒臭い息を髪が含んで顔に張りついた瞬間、自分の置かれた状況を忘れた。思い出すといまでも顔が青くなる。私は持っていたジョッキごと右腕を振り回して、男の手を振りほどいた。まだ半分ほど残っていたビールはほとんど全部がテーブルと、男の顔と、林くんがちょうど溶き卵を投入しようとしていた鍋の中にぶちまけられてしまった。最後に空のジョッキが男の顔の、どこかやばそうな場所に当たる感触があって、鈍い、だからこそよけいに痛そうな音がした。

周囲が静まり返った。

実際には店は満席だったのだから、完全な沈黙だったわけがない。でも少なくとも、それまで気にも留めていなかった店内のBGMはしっかりと聞こえた。スティービー・ワンダーの掠れた声が"Isn't she lovely"を歌っていた。彼女はなんてかわいいんだろう、という脳天気な歌詞が途方もなく恨めしかったので、なおのこと忘れられない。

「……あ」

私はとっさに立ち上がった。

そのとたん、膝から下に沈殿していたアルコールがぶわっと頭まで回った。めまいがして、ふらついて、もう一度同じ場所に座ってしまった。ごめんなさい、ごめんなさい、と言いながら、でも彼の服を拭ってやるとかそんな気にもなれず、困った末になんとなく、いつもの癖でへらっと笑ってしまった。

数秒遅れて、やーだあ、と友達の誰かが叫んで、店の人を呼ぶボタンを押した。林くんは向かいの席で、雑炊用の卵の入った小鉢を手にしていた。いつもより少し大きく開いた目で、黙ってこちらを見ていた。

おしぼりをみんなから次々と受け取りながら、男は不機嫌そうに自分の顔や服を拭いていた。「なんだよ」とかそんなようなことを言われて、言われて当然だと思った私は「ごめん」と答えた。ちょっと大丈夫？　とか、ティッシュあるから使いなよ、とか、彼に言う人はいても、私に声を掛ける人はいなかった。

「び、びっくりしちゃって」

「肩組んだくらいで大げさな」

「ごめんって」

いくら謝っても動揺しすぎて顔が笑っていたのだから、そしてそのくせしっかりと身をよじって彼から離れていたのだから、説得力がなかったに違いない。深刻な状況になると笑ってしまうなんて我ながら子どもみたい、と思って、それがまた無性におかしかったのもある。

男は舌打ちしつつ、店員が持ってきた大量のおしぼりで服を拭いつづけていた。

それからふいに顔を上げて、皮肉っぽく笑った。

「あやしいと思ってたんだよね」

「え?」

「変に色気振りまいてるくせに、お高く止まっちゃってさあ。誰かに無理やりやられたことでもあるんじゃねえの」

なにを言われたのか、よくわからなかった。

彼の酔いは醒めきっていなかったらしく声はそれなりに大きかったけど、男の子たちはもちろん、女の子たちもとくに反応しなかった。だから私が黙ってしまえば言葉だけが空間に蔓延し、妙な後味を残してしまうことになった。

その間、およそ三秒から五秒くらいだったと思う。

おもむろに林くんが立ち上がった。

トイレにでも行くのかな、と思うくらい自然な動きで、表情も変わらなかった。ただ、手には生卵の入った小鉢を持ったままだった。あれ、と思った次の瞬間、彼は優雅かつ素早く振りかぶり、拭われたばかりの男の顔面めがけて卵をぶちまけた。

スローモーションになって見えた。私は距離を取っていたから被らずに済んだけど、それでも多少飛沫は飛んだ。丁寧に溶かれた卵は綺麗なクリーム色だった。ほとんどが男の額あたりに命中し、一部は滑り落ちて膝に着地した。

今度は間を置かずに悲鳴が上がった。私はそれを、座ったまま眺めていた。

ちょっと和くんなにしてんの、と、ひときわ甲高い声がななめ向かい側からした。林くんの「彼女」だった。彼は返事をせず、椅子の背に引っ掛けていた厚手のパーカーを羽織り、そのポケットから財布を出して、一万円札をテーブルに置いた。それから私の手首を取って、強引に立たせた。

「こいつ酔ってるから、駅まで送ってく」

「和之」

「続けてて。電話する」

そう言って呆気に取られる一同を残してぐいぐいと場を離れていくので、私はあわてて鞄とコートを摑むのが精一杯だった。去り際に少し振り返ったとき、生卵まみれの男のうつろな顔が見えた。その直後の様子を想像するのが恐ろしくて、ただ腕を引かれるに任せた。

エレベーターを待っている間も、繁華街を早足で歩いている間も、横断歩道が赤になって立ち止まったときも、林くんは終始無言だった。たぶん傍《はた》から見たら異様な空気だったと思う。彼はこちらを振り向かず、そのくせ私の右手を痛いほど摑んだままでいるのでコートを着ることもできず、とても寒かったのを覚えている。しかも酔っているところを乱暴に引っ張られるから、頭がぐらぐら揺れて気持ちが悪かった。

「林くん、あの、気持ち悪いんだけど」

勇気を出してそう言ったのは、すでに新宿駅が目前になったときだった。

彼の歩みがぴたっと止まった。あ、聞こえてた、とのんきに思った次の瞬間、すさまじい勢いで手を払われて、林くんがようやく振り向いた。その表情を見て私は絶句した。いつも寡黙だった彼が面白いほど雄弁な怒りの表情をして、鼻の穴を膨らませてすらいたからだ。

「てめえいまなんつった？」

「……ええっと」

「この恩知らずのばか女、あんなこと言われて笑ってられるほうがよっぽど気持ち悪いっつーの！　だいたい前から気に食わなかったんだよ、そういうところ。居心地の悪さ全開って感じ隠しもできないくせに、なに言われてもへらっへらしやがって！」

硬派なイメージだった相手の急激なギャップについていけず、びっくりして思わず笑ったら「だから笑うなってんだよ！」とすかさず罵倒された。毒舌は健在だけど、当時を振り返ればあの子もいまは丸くなったほうだろう。

「ほんっと胸糞悪い。どうしてくれんだよバイトぶっちぎらなきゃいけないじゃんか。雑炊も食べ損ねたし、うっすいビールとつまんねー話のために一万！　一万！　ああもうムカつく、ちょっとラーメン奢れいますぐ」

「えぇーなにそれ……」

「えぇーじゃない！」

「なんか、だって、ラーメンの匂いとか嗅いだら吐いちゃう……」

「はあ？　そっちの『気持ち悪い』かよ！」

「それ以外のなんなの……？」

その返事を聞いて、林くんは一瞬黙った。

それからまた猛烈な勢いで私の腕を引っ張り、ぎりぎりのところで駅の女子トイレに突っ込んだ。「個室まで頑張れよ！　床に吐くんじゃない！」という声援に、私は老ボクサーのごとく背中で応えたそうだ。

林くんをトイレの入口で三十分ほど待たせた挙句、私は出てきたとたん彼にもたれかかって意識を失った。彼は舌打ちしながら今度はタクシーに突っ込むべく私の財布を探ったそうだが、住所のわかるものが見当たらず、しかたなく自宅に連れて帰った。

タクシーはけっこう長い距離を走ったと思う。途中で何度か浅く覚醒したけど、林くんは気づかなかったようだ。後から知ったけど、彼はバイトとは別に当時から株をかじっており、短大生にしては飛び抜けて羽振りがよかった。都心からはやや外れるとはいえ二十三区内の、エントランスがオートロックになった1DKに、親の援助もなしで住んでいた。彼はさんざん罵りながら私を寝室に担ぎ入れ、ベッドに放り投げ、枕元に二リットルのポカリスエットとポリ袋を置いて出ていった。

深夜にうっすらまぶたを開けると、暗い中にぼんやりと見えたのはスチール素材の家具とそっけない家電が置かれた、いかにも生活感の薄い男の部屋だった。ただ、彼が自分の着替えを取り出すときに開けてそのまま閉め忘れたらしいクローゼットの扉の奥からは、フリルのブラウスやパニエで膨らんだスカートがちらっと覗いていた。

次に目覚めたときにはもう外は明るく、林くんは普通にTシャツとスエットで入ってきて、仏頂面で「とっとと起きて、片付かないから」と言った。クローゼットが開いていること、それに双方気づいていることにはお互い触れなかった。シャワーを浴びさせてもらって、Tシャツとジャージを借りて、それから私は久しぶりに炊きたてのご飯と味噌汁という朝食にありついた。

「面倒見いいね」

「面倒の種がどの口で」

「嫁にしたいとか言われない？」

彼は目を丸くして、それから、「アンタって、本当に脳内お花畑なのね」と初めての女言葉を使いつつ、初めて心からの笑顔をくれた。

合コンが冬休み中だったことが幸いし、ふたたび学校が始まったときには事態はなんとなく収束していた。誰も私を責めなかった。ただ、私はしだいに林くん以外の友達と付き合いが薄くなっていき、林くんはほどなく交際していた女の子と別れた。

「もともと一回試してみようって感じだったし、潮時かなって思ってたとこだったし」

ベッドの下や洗面所に小分けにして隠している化粧品のたぐいが見つかった場合、「前の彼女の忘れ物」ということにしようと決めていたそうだ。

「洋服は弁解できないからどうしようかと思ってたんだけど。まあ、収納とか勝手に開ける時点でアウトかなーって」

あっけらかんと言われて、私はまたもや笑うことしかできなかった。

いまでも彼はあのころのように、日中は男の格好で過ごし、夜だけ女装して「メリッサ」として出歩いている。私以外の誰に対してそう名乗っているのか、詳しくは知らない。その心情もじつはいまだにあまり理解できていない。少なくとも、おもにゴシックロリータの服を着るのは個人の嗜好ではないらしい。

「べつに趣味でもないんだけどさ、露骨にキワモノ感っていうか、こう、オンナ感があったほうが、楽なんだよね、気分的に」

説明されてもよくわからなかった。メリッサもわかってほしいとは思っていないだろう。

異性装者としての彼の主義主張、あるいはその他の性嗜好、たとえば好きになる相手は男なのか女なのか両方なのかとかそういうことを、私はメリッサに対して追及しない。あちらが私の恋人の性別を、いちいち確認してこないのと同じだ。

ただ、一度だけ訊ねてみたことはある。

「あの子とは、寝たんだよね」

「なんで女ってそういう話を平気で共有できんの？」

皮肉っぽく、でも怒ってはいないとわかる口調だったので、私はさらに踏み込んだ。

「うまくできた？」

「まあ、それなりには」

「どんな気持ちだった？」

興味本位で訊いているわけではないことが、わかったのかもしれない。

メリッサは一瞬だけ遠い目をして、それから、ちゃんと答えてくれた。

「録画で見る日本代表戦」

「……なにそれ」

「サッカーは好き？」

「『ウイニングイレブン』ってゲームがあるから十一人でやるんだろうなってレベル」

呆れられるかと思ったけど、メリッサはそれには触れなかった。

「全国民が一丸となって盛り上がる、たとえばワールドカップの日本代表戦とか、そういう大事な試合を自分だけリアルタイムで応援できなくて、後日、録画したのを深夜の部屋でぽつんと見る。そんな感じ」

「結果を知ってててってこと？」

「どっちでも。でも普通に生活してれば、世間の空気とか、嫌でもわかるでしょ。そこからひとり外れてる。もちろん思うところはあるよ、いろいろと。たまにふっと、なにをやってるんだろうって絶望的な気分になるときだってある。それをやり過ごすことはできても、まったく感じないようにすることはできない」

サッカーに詳しくない私でも、わかるよ、なんて軽く言えない程度には理解できた。

「メリッサは頭いいなあ」

「なに、レポートの手伝いだったらタダではしないわよ」

「よくそんなにすぐ言語化できるね」

「そりゃあ、あたしら、いるだけでずーっと説明を求められるもの」

あたしら、というのが、具体的にどういう人のことかはわからなかった。

だけど、説明を求めてくるのが誰なのかはなんとなくわかった。

「どうしてそうなの、どうしてこうじゃないの、どういうことなの。答えられなければ歩くことも許されないのよ。答えがあったって微妙だけど。でも、一般道から外れた部分をひとつずつ説明して完璧に納得させるか、なーんも気にならないふりしてばかになっちゃうか、どっちかしかないの。あたしは、ばかになることができなかった。それだけよ」

そう言って伏せた目は、ひじきみたいな付け睫毛で縁取られていた。寡黙な美男子の「林くん」はたしかに彼の素顔だし、あちらの姿のほうが魅力的だという人も多いだろう。だけど、喉仏が隠れるように襟つきの豪華な服を着て、顔の骨っぽい部分を何時間も掛けて修正したメリッサを、私はお世辞抜きに綺麗だと思う。

気が短く涙もろいメリッサ。自分の恋愛が最高潮になると深夜に電話してきて、平日であろうと最低三時間は寝かせてくれないメリッサ。失恋するたびに度数の高い酒を持ってうちにやって来るメリッサ。私が最初に勤めた保育園を十一ヶ月で辞めてひどい生活をしていたときも、連絡がつかない私をずっと心配していたメリッサ。ついには部屋まで押しかけてきて、引きこもったままゴミ出しすらままならない状態の私を殴らんばかりに罵り、泣きながら片付けや転職活動を手伝ってくれたメリッサ。

私は短大を卒業以来、男の姿の「林くん」に会っていない。彼でも彼女でもない、私と会うときメリッサはメリッサだ。それが、せめてもの友情の表明だと思っている。

天井を見上げると、円形の蛍光灯の中に小さな黒い影がいくつもちらついていた。最後にあそこを掃除して埃や虫の死骸を取り除いたのは、いったいいつのことだっただろう。私は上京以来、ずっとこの１Ｋに住みつづけている。コンロは一口。お風呂には追い炊き機能がない。だから家賃が多少安くなっているらしく、湯船に入る習慣のない私にはありがたい話だ。駅からは徒歩二十分なので働いていたときは自転車を使っていた。六畳の部屋に最低限の家具を置くと本のためのスペースが足りなくなり、しかたなく実際は靴箱である玄関の収納にしまっている。それでも管理費込みで七万円弱。地元だったら倍の広さの場所に住める。だけど、とくに不満はない。もっと生活レベルを上げたかったらそれなりに努力をすればいいのだ。副業をするとか家庭を持つとか。だいたい月々七万円で安全が保障されるなんて、突出した知識も技術もない、資格があっても棒に振っている、若さしか取り柄のない私にはもったいない。しかもいまは無職ときている。

夜、天井を眺めながらサングリアの残りを飲んでいたら、メリッサから電話があった。きょうはなにしてたの、と訊かれて、寝てた、と答えたら笑われた。

「気楽でいいね」

皮肉ではないとわかっていたので、うん、と素直にうなずいた。

起きて活動すればどうしたってお金を使うので、最近はもっぱら眠って過ごしている。寝疲れてまた眠るから連鎖するようにいくらでも時間を潰せる。でもメリッサは怒らない。昔の貯金を切り崩し、だらだらとただ生きている私に対して説教もしない。

「くだらなく使えば使うほどいいんじゃない、時間もお金も。どう無駄にしようとアンタの自由でしょ」

契約社員の給料なんて、一ヶ月をなんとか乗り切ればほとんど使ってしまう。いまの生活資金は大半が、保育士を退職した後に少しだけ働いた職場で稼いだお金だ。当時はなぜかいくら収入があっても使う気がしなかったから、期間は短くてもそこそこの額が貯まっていた。

「でもどうせ三月まで暇なら、それまでうちの職場、手伝ってくんない？」

「うちの職場って」

「保育士じゃなくて補助。若い子が急に辞めちゃってさあ」

私たちの代の首席として短大を卒業したメリッサは、いま、神奈川にある保育園で働いている。勤務中は当然男の格好をしている。学生時代から続けているデイトレーダーだけでもじゅうぶん生計を立てられるらしいのに昼の仕事を頑なに辞めないことで、「仲間たち」と揉めた経験もあるそうだ。

「同類間での価値観の違いが、じつはいちばん根深いのよね」

メリッサはめったに自分の愚痴を言わない。饒舌で、罵倒や涙をさらけ出すことに躊躇しないから最初は気づかなかったけど、言ってもどうしようもない弱音はほとんど吐かないのだ。でもそのぶん、たまにこぼされると重みが強い。

一度、メリッサに言われたことがある。

「アンタ本当に自分を痛めつけることにかけては天才的ね。キャバ嬢なんか自分に向いてないことくらい、わかってたでしょ？　そういう仕事が悪いって言ってんじゃなくて、傷つくってわかりきってる場所に飛び込むのが駄目だって言ってんの」

「じゃあ、メリッサはどうしていまの仕事を選んだの？」

メリッサはずっと美容師になりたかったらしいが、薬品が手に合わないことを知って断念し、保育士資格を取るために短大に入った。なにをしてでも生きていけそうなメリッサが、なぜわざわざ人の子どもの面倒を見る資格を得ようと考えたのか、その人となりを知れば知るほど不思議に思えた。

「もともと株はさっさと自立したくて始めただけ。実体ないもんに金もらいつづけるのって、なんか不気味じゃない」

「それで保育士資格？」

そういえばメリッサは株で利益が出ても、私をはじめとした友人たちに、あるいはその時々の恋人に、気前よく奢ったり貢いだりして使ってしまうことが多かった。

「自分の子どもはたぶん望みなさそうだから」

「だからせめて他人の子どもをかわいがる？」

「かわいくなんかないよ、金蔓だもん。べつにガキも好きじゃないし。ただ、一生縁がなさそうなもんも知っとかないとって思っただけ。多数派ってだけで嫌な顔するマイノリティっているし。そうなったらもう、なまじ少数派だけに誰も止めてくんないでしょ？　自己憐憫のスパイラルにハマって抜け出せなくなって一生蟻地獄、なんてごめんだから」

たとえば煙草を吸いながら、たとえば私を焼肉屋に引きずって行きながら、メリッサはなにげないふうに、あっさりとそういうことを言った。私はそのたびに、世の中って不平等だ、と思った。私より何倍も誠実でやさしい、こういう人こそ、社会に受け容れられるべきなのに。

「女装しなくても平気で、女を抱いても録画したサッカーみたいって思わなくて済むような、そういう男だったらどんな人生だったかなって、想像することある？」

そう訊くと、「してどうなんのよ」と一笑に付された。

「ちょっと、なにぼーっとしてんの。寝てる？」

「起きてるよ」

メリッサに言われて、私は黒いハイソックスを履いた膝を抱えた。冷え症なので、冬場はいつもこれを履いて寝ている。

「だって、私四月に帰るんだよ。いまから三月までって二ヶ月じゃない」

「だからちょうどいいんじゃないの？　リハビリだと思ってやってみなさいよ。ド田舎でアンタができることっつったらそれだけじゃない。保育園の就職口くらい、あるんでしょ」

さすがメリッサだ。私にとってなにが最善かを、よく心得ている。

なのに、私はうなずくことができない。

ほとんど憐れむように捨て台詞を吐き捨てた、眼鏡の奥の瞳を思い出す。自分が正しいと信じて疑わない、あの目がまだどこかから睨んでいる気がして、少し身じろぎをする。

暇なのがわかりきっているこちらに、断る理由はない。なのに、メリッサは返事を強要しなかった。その自己主張しないやさしさが、いまは逆につらかった。

考えといてよ、と電話が切られた後、私は台所に行った。シンクに赤みがかった氷を空け、スポンジを泡立ててグラスを洗う。

保育士免許は、私が持っている唯一の資格らしい資格だ。だけどもう、二度と使うことはないかもしれないと思っていた。卒業してすぐ就職した保育園を一年もたずに辞めた後、もうなにをしても一緒のような気がして夜の仕事を始めた。そこもほどなく逃げるように辞めて、それからはずっと引きこもって過ごした。

やたらと痩せたり化粧が濃くなったりして、にもかかわらず作り物のように笑っていた私に対して、誰もが腫れ物に触るようだった。もともと少なかった友人との縁もその時期にほとんど切れた。一連の流れをすべて知ろうとしてくれて、なおかつただひとり、本気で叱ってくれたのがメリッサだった。

メリッサは私のことをよくわかっている。たぶん、自分の職場が困っているというだけではなく、それが私のためになると理解しているのだ。

にもかかわらず、即答できなかった。

気がつくと水を出しっぱなしにしていた。グラスの中の泡はとっくに流されている。洗い終わったそれを水切りカゴに入れると、座り込んでシンクの下の扉を開けた。

また、梅酒の瓶を近くに引き寄せる。

もしかしてもう寝ているかもしれない、と思ったけど、触れた瞬間、宝田家の玄関脇にある防音のレッスン室の様子が見えた。琥珀色の液体が、淡い光を入れたように内側からほんのりと明度を上げる。

亮子さんが、こちらに背中を向けてピアノを弾いていた。

いつもの黒いロングワンピースの上に、厚手のカーディガンを羽織っている。肌が露出しているのは手首から先と首から上くらいで、それらは相変わらず折れそうに華奢だった。髪はひとつに束ねている。

ほろほろと、瓶の中からてのひらを通してピアノの音が響いてくる。

「乙女の祈り」だった。ポーランドの女性ピアニストの、ほとんど生涯唯一のヒット作。私も一度、亮子さんに弾いてもらったことがある。

「バダジェフスカってこれしか曲作ってないんですか？」

「これ以外の曲を答えられる人は、少なくともうちには来ないかなあ」

「つまり一発屋？」

「リストとかショパンとか、ああいうこれ見よがしな天才ってじつは苦手なんだよね、人としては。普通に生きて、作って、その中にたまたまひとつだけ輝くものがあったとか、たったひとつ素晴らしいものができたらそれ以外はなにも作らないとか、そのほうが人間として正しい気がする。昔はそんなふうに思わなかったし、すごい曲をじゃんじゃん量産できるほうがいいに決まってるって疑わなかったんだけど」

「いつ、考えが変わったんですか」

「そうだね、息子が出来た後くらい？」

亮子さんの元に、私は週一回、日曜の昼に通っていた。彼女は平日は近所の保育園、休日は自分の夫に息子を預けてレッスンをしていた。通っている間、宝田主任と遭遇することは一度もなかった。

　前者の場所は、通り道にあったのですぐ特定できてしまった。園庭の遊具の周辺にはいつも人気がなく、たまに作業服姿の男性が、古めかしい竹箒でペンキの剝げかけた雲梯の下を掃いていた。じっと見ていると悪い想像が働きそうで、私は毎回、急ぎ足になってそこを離れた。

視界の端で、ごとんと目線の高さにあった梅の実のひとつがバランスを崩し、その隙間からドアが開くのが見えた。ノックはなかった。

宝田主任の顔が覗いた。

同時に、奏でられていた旋律がぴたりと止まる。

「雅彦は寝たよ」

「そう、ありがとう」

「また、夜中までそんな薄着をして」

冗談に聞こえて笑ってしまったけど、宝田主任は真顔だった。案の定、夫のほうを向き直った亮子さんも苦笑していた。

「さすがに心配しすぎですよ」

「まだ、本調子ではないんですから」

そう言って、宝田主任は悲しそうな顔をする。亮子さんはその表情を見て、ただ、そうね、と答える。まあるい声で。

私はふと、亮子さん本当は「乙女の祈り」なんて甘い曲は弾きたくなかったんじゃないかな、と疑った。たしかに、あの人はこの曲が好きだった。でも少なくともいまは「ラ・カンパネラ」とか「革命」とか、ああいう音をがんがん鳴らすものが弾きたいのかもしれない。たとえ「人としては苦手」だとしても。

宝田主任は四十五歳。亮子さんが三十五歳。私が二十五歳。三人の中に早生まれは誰もいないから、ぴったり十ずつ年齢が違う。まるで悪い冗談みたいだ。

「心配なんだよね」

と、亮子さんが一度、私に言ったことがある。

「なにがですか?」

「宝田が、職場で若い女の子にうっとうしがられてるんじゃないかって。このご時世に煙草もやめないし、スーツだって、いくら言っても破れないかぎり買い替えないし。嫌われているとまではいかなくても、おじさん扱いはされてるんじゃない?」

「いやいや」

「せいがでますね、って言うでしょう、たまにあの人」

そんなの、私は意識したこともなかった。その言葉をどう漢字変換するのか、後で調べてしまったほどだ。

「どう、でしょうねえ」

「私は、あれが苦手でね。自分でもどうしてか、わからないんだけど。世代の差を感じてしまうのかもしれない」

苦笑まじりに言われて、答えることができなかった。

そのピンポイントな嫌悪感は、一見円満なふたりの不和の表れにも思えたし、逆に深い情愛の証にも思えた。あるいは、どちらでもないのかもしれなかった。

恋人は、自分のパートナーへの想いを私に隠そうとしたことはなかった。そして私はそれを、むしろ誇らしいと考えていた。私は単なる愛人じゃないと、多少なりとも役には立てているんだと、信じたかった。あるべき場所へと帰っていくための、潤滑剤として。

そしていま、望みどおり、あの人はあるべき場所にいる。

それなのに私は、どうしてこんな気分でいるんだろう。

「ずいぶん、精が出ますね」

宝田主任は、誰に対しても折り目正しい言葉を使う。私を含むどんなに年下の相手にも、自分の妻にも。

「それって超いけ好かなくない？　いかにも食えない腹黒男って感じ」

メリッサは思いきり眉根を寄せて言ったものだ。

亮子さんがふたたびピアノに向き合った。

「教えるばっかりじゃ、感覚が鈍っちゃって」

「気持ちはわかります。ただ、もう寝たほうがいい」

「しばらく思う存分弾けなくなっちゃうから。雅彦で学習した」

「そんな言い方を、するものではないよ」

やや間を置いて、亮子さんはまた「そうね」と答えた。

そして、ゆっくりと立ち上がる。宝田主任が彼女のためにドアを開けてやる。室内履きをぺたんぺたんと鳴らし、夫の顔を見上げて、亮子さんは「ありがとう」と微笑んだ。宝田主任はそれを見下ろし、満足そうにうなずく。亮子さんは私より約五センチ、宝田主任よりたぶん二十センチほど背が低い。

レッスン室が暗くなり、ぱたんとドアが閉じる。

同時に私も瓶から手を離し、流しの下の扉を閉めた。

立ち上がると、靴下越しでもフローリングの冷たさが伝わった。部屋に戻って天井から垂れている紐で明るさを落としながら、近いうちに蛍光灯のカバーを外して拭き掃除をしようと決める。

この部屋には、当然ながらピアノが入らない。

短大時代にバイト代で安いキーボードを買ったけど、それは収納の肥やしになった挙句リサイクルショップ送りとなった。実家のピアノはきっとまともに調律もされていない。帰ったら、手入れをしなくてはいけない。

そう思ってから、はたしてそんな必要があるんだろうか、と苦笑した。

亮子さんの演奏を、頭の中で反芻する。

そして、とくに惜しむでもなくそれを遮った宝田主任を思い出す。もちろん、彼にとっては日常のことなのだ。

職場でパソコンを前にして、老眼鏡のブリッジを上げるとき。馬が合わなかったらしい総務担当課長、くしくもその名字も「中村」だったのだが、彼の皮肉を苦笑しつつ受け流すとき。喫煙所や飲み会の席の片隅で、居心地悪そうに、誰をともなく煙から庇うように手を添えながら、煙草に火をつけて咥《くわ》えているとき。

いつだって宝田主任の脳内には、亮子さんの弾くピアノの音があったのだ。

それを聴きながら見る景色は、いったいどんな眺めだったのだろう。

私と恋人は、いわゆるセックスをしたことがない。

俗に言う不貞行為とは性交を示すらしく、性交の定義を調べれば「男女の性的な交わり。交接」とある。いろいろと言及したいところはあるが、交接ってなんだ、要するに挿入かなと考えると、私たちには不貞行為に至った経験がないということになる。

「訴えられても安心ですね」

一度そう言ってみたら、あの人は呆れたように、困ったように、笑っていた。

きっかけはつまらないものだった。忘れ物を取りに戻ってふたりきりになったとか、そんな感じの。手を握ってきたのはあちらからだった。肩を抱いてきたのもそうだった。私は拒むためではなく、選ばせるために伝えた。

「私、接触恐怖症なんです。子どもならまだ平気なんですけど、十代後半以上になると格段に駄目になります。なので、もしそういうことが目的だったら、ご期待には添えないと思います」

恋人は目を見開き、それから声を立てて笑いだした。

呆気に取られる私を後目に、そのまま身を折って笑いつづけた。あの人のあんな姿は後にも先にも見たことがない。ふたりきりの、外の天気も時間もわからなくなるような、音のない部屋の中で。

「――『そういうこと』が目的？　中学生じゃあるまいし」

「ええと、宝田さん、私は真面目です」

「わかってますよ、もちろん」

「わかっていません」

私は少し語気を強めた。

恋人はふうっと、肩で息をつくように笑い終わった。

「初めて怒りましたね」

「怒らせたんですか？」

「違いますよ。目的なんてどうでもいい。ただ、結果として、あなたが怒ってくれたことが嬉しい。けど、あなたはこちらを喜ばせるために、わざと怒ろうとする必要はない。たぶん性交のことだろうけど、あなたの言う『そういうこと』も同じです」

「ええと。よくわかりません、ごめんなさい」

「謝らないでください。言いたくて言っているだけだから。あなたは受け容れても、受け容れなくてもいいんです」

その言葉は私の心に、水が染み込むように入ってきた。そして目の奥までこみ上げてきて、ふと涙を滲ませた。

ずっとこれが欲しかったのかもしれない、と思った。

中学生のとき、母は私の異変に気がついた。近所のおじさんに近寄られては怯えて逃げ、体育の授業で教師に手を添えられることすら拒む私を、母は心配して知り合いの紹介だというカウンセリングに通わせた。たぶんいまの亮子さんと同世代くらいだろう女の先生で、私に「成長すれば、男性に触れるというのはちっとも汚らわしいことでも恥ずかしいことでもないのよ」と切々と説いた。原因を究明するのがなにより重要だと言って、考えうるかぎりもっともわかりやすいものである、父親との記憶について語らせたがった。

「話す意味なんてなにもありません。せっかく忘れていることを思い出すのも嫌ですし、そもそも、それで事態がよくなる気もしません」

私は中学生ながらに何週間も準備してやっと自分の気持ちを整理し、事前に用意しておいた台詞を暗唱した。彼女は訳知り顔で微笑み、怖いのね、大丈夫、先生がいるから、とかなんとかなだめようとしたけれど、私は頑なに受け容れなかった。とうとう彼女は溜息をつき、私を母の元へ叩きつけるように送り返した。

母は口には出さないけれど、深く落胆したようだった。けっきょく三者面談で、年配の女性の担任が「思春期にはよくあることで、大人になるにつれて平気になりますよ」と断言してくれたことで事態はどうにか落ち着いた。私は担任の根拠のない自信に感謝し、母の安堵した横顔を見てこちらも安堵しつつ、「大人になる」までが勝負だと決意を新たにしていた。

そして二十歳を越え、じゅうぶん大人と言える年齢になった私は、ある程度、外的な接触に対する嫌悪感を克服できるようにはなった。だけどいまだに、自分の内部に誰かを入れるという、その恐ろしい行為の持つ意味がわからない。人間だけではなく動物ですら社会はそれがあってこそ成り立っているのに、私にはどうしても理解できないのだ。

仮にも小さい子どもと触れ合う国家資格まで持っているのに、亮子さんの出産を知って真っ先に思ったのは、ああ、ふたりは性交をしたんだな、だった。自分の下衆さに嫌気がさす。あの場にいた女性陣のことを責められない。

　メリッサは望まないそれを、深夜にひとり、録画で見るサッカーの試合だと言った。試合があると知っていて観賞が許されないことと、見ることはできてもズレがあることと、どちらがより不幸なのだろう。比べられるものでもないのかもしれないけれど。

　けっきょく、メリッサの提案を放置したまましばらく過ごした。

　その間メールを確認するのを忘れていたことに気づき、久々に開くとダイレクトメールに紛れて前の会社で使われていたドメインを発見した。差出人は総務担当の、私と同姓の中村課長。タイトルは「至急連絡をお願いします」。

　さすがにぎょっとしたが、内容はなんてことないものだった。すべて持ち帰ったと思っていた荷物が一部残っていたのだ。丁寧に箇条書きされたそれはどれも小物ばかりだったが、きっと郵送代も惜しいのだろう。すぐに直接電話をして平謝りし、いまから、と言いかけてはたと思い直した。

「明日にでも回収に伺います。正午ごろでもよろしいですか」

　翌日、昼休みが始まった直後を見計らい、こそこそと前のオフィスを訪れた。

　予想どおり人は半分くらいしかいなくて、新年会にいた女性たちも岡部を含め全員不在だった。宝田主任の席も空いていたので、ひとまず安心した。

　書類でぱんぱんになった棚やコートの端っこのはみ出たロッカーの陰を通り抜け、奥にある総務担当席に向かうと、辿り着く前に中村課長が早足で近寄ってきた。いくら休み時間を邪魔されたとはいえその表情があまりに不機嫌だったので、私は自分が正規の手続きをせずに辞めたのかと疑ったほどだ。

「荷物は会議室にまとめてありますので」

相変わらず倍速再生みたいな口調だなと思いつつ、すみません、と頭を下げた。

会議室の長机の上、もともとは業務用のバインダーが入っていた段ボールに、私の忘れ物はまとめてあった。丸めると犬の形になるブランケット。白いウールのカーディガン。度の入っていないパソコン用眼鏡。我ながら笑ってしまうほどどうでもいいものばかりで本当に笑いそうになったけど、隣にいる中村課長の迷惑そうな様子を見て、咳をするふりをしてなんとか堪えた。

「年末にオフィスの掃除をしたとき、ロッカーから出てきたんですよ。誰のものだかわからずに放置してあったんです」

自分の手柄かのような言い方だったが、紙袋をもらって荷物を詰め直している最中ふと気がついた。たとえば岡部みたいにマグカップやメモ帳にシールを貼って上から丸っこい字で署名をしたり、中村課長みたいに私物のファブリーズにまでテプラでラベルを作ったり、私はそんなまめな性格ではない。

「よく、私のだっておわかりになりましたね」

「ちゃんと確認してくださいよ。人の持ち物を取って帰られると困りますから」

万引き犯を相手しているような態度にめげず、もう一度同じ言葉を繰り返すと、中村課長はしぶしぶ答えてくれた。

「捨てようとしたんですが、宝田さんが恵那さんのものに間違いない、返すべきだって聞かなかったんです。いまさらそんなふうに言い出すくらいなら、ロッカーにあること自体とっとと気づいてくれればよかったのに」

紙袋はちょっと小さかったので、荷物が口から溢れて少し破れてしまった。

「あの人にも困ったものですよ。やたら早退や休みが増えたかと思ったら、急に子供が産まれたなんて報告してきて。産まれたら産まれたで、今度は奥さんの具合がよくないって。いつになったら落ち着くんだか」

私は返事をしなかったけど、中村課長は勝手に続けた。

「それにしても、宝田さんは都内の出身なんだからご実家を頼ればいいのにね。まあ奥さんからすれば、夫と姑じゃ勝手が違うんでしょうけど。仕事に穴を開けられて、迷惑するのはこちらなんですから」

私は曖昧にうなずいて、紙袋を取り上げた。

中村課長は無理やりしゃべらされたと言わんばかりにじろりとこちらを見て、申し訳程度に「わざわざどうも」と眼鏡を光らせた。私ばかりではなく誰に対してもこの調子で、当然職場の鼻つまみ者にされている彼が、でも、私は嫌いになりきれなかった。こうも自分を貶め人に厭われることを全うしているのを目の当たりにすると、それはそれで潔いような気がしてしまう。

そそくさと職場を離れながら、私は中村課長の台詞を思い返していた。亮子さんの実家は関西、たしか京都か兵庫だったと思う。そちらを頼るのは難しいのだろう。それにしても——そんなことを考えながらビルから一歩出たところで、「恵那さん？」と男性の声がした。

反射的にそちらを向くと、そこに立っていたのは宝田主任だった。

内心で悲鳴を上げながら、私は足を止めた。声が漏れなかったのは不幸中の幸いだ。かろうじて平静を装いつつ「どうしたんですか」と訊いた後で、それはこっちの台詞じゃないだろう、と気づいたが、もちろん、そんなことは言われなかった。

「いま、ちょうど昼休みでして。恵那さんは」

なにをしているんですか、と続ける前に私の右手を見て、ああ、と宝田主任は心得顔でうなずいた。

「わざわざ、すみませんね」

「いやそんな、宝田さんのせいじゃないですし。ていうか、こちらこそすみません。私のじゃないかって言ってくださったそうで」

「まあ。どことなく、覚えがあったもので」

きっと彼は、職場で立っていた噂のことなんて知らないんだろう。人の気も知らずに飄々としている、その悠長な佇まいがうらやましかった。

「お昼、もうお済みなんですか」

「いまからです。ちょうど電話を受けていまして」

「じゃあ、せっかくですからご一緒していいですか?」

毒を食らわば皿までだ。私は用事のついでにかつての上司のおじさんを誘う、無遠慮な若い女そのものの口調で訊いた。宝田主任も存外あっさりと、ええ喜んで、と答えた。

ふたりで、というか宝田主任の先導で入ったのは、会社から徒歩五分ほどの、大通りから一本だけ奥に入った場所にある、岡部あたりは絶対選ばないだろうスナックみたいな名前の純喫茶風の店だった。私は何回かひとりで来たことがある。暗い色合いのテーブル、破れて綿のはみ出たソファ。いまどきめずらしい全面喫煙席の店内で、いつもビートルズが流れている。いくつかあるランチメニューから、私は当時から好きだったミートソースパスタを、宝田主任はドライカレーを注文した。食後にはふたりともホットコーヒーを頼んだ。

店員が奥へ行ってしまうと、宝田主任はテーブルの隅に置かれた、刑事ドラマみたいな銀の灰皿と私を交互に見た。どうぞ、と手を差し出すと灰皿を自分のほうに寄せ、ポケットからケースに入った煙草を取り出す。

「……煙草、やめてなかったんですね」

「恥ずかしながら。しかし、そろそろね。潮時だとは思っているんです」

「娘さんのため、ですか」

宝田主任は煙草に落としていた視線を一瞬こちらに向け、それから、ああ、とつぶやいた。

「ご存じでしたね」

「奥さんのお加減、いかがですか?」

「かなりの難産でしたが、まあ、いまはどうにか」

私は亮子さんが、陣痛に耐えて脂汗を浮かべているところを想像してみようとした。だけど、どうもうまくいかなかった。ためしにものすごく綺麗な女優さんがドラマで号泣していたときの表情を思い出し、その筋肉の動きを亮子さんの穏やかな顔の上に貼りつけてもみた。それでも、やっぱりどこか作り物めいていた。

「おめでとうございます。すみません、お祝いもなにもなく」

「いいえ。ふたりめですし、私たちも歳が歳ですし、そう大騒ぎすることでもありません」

私は、宝田主任の顔を直視できなかった。じくじくと抉《えぐ》られるような痛みを感じた。

彼が灰皿の上で休めたその煙草が、火を灯したまま、自分のやわらかい部分に押しつけられているようだった。

「女の子が増えると、きっとおうちもまた感じが変わりますね」

「そうでしょうね。僕は、ふたりめも男がいいだろうかと思っていたんです。ひとりだと息子も寂しいですから。でも、まったく違う風が入るようで、それはそれで悪くないかもしれないですね」

ひとりだと息子も寂しいですから。

その言葉の意味を吟味している間に、流れていた音楽が切り替わった。

思わず顔を上げた。宝田主任と目が合って、彼は私のリアクションに小さく首を傾げた後、つと虚空に視線をさまよわせた。

「〝Lady Madonna〟ですね」

「私、これがいちばん好きなんです、ビートルズで」

通ですね、と宝田主任が答えると同時に、料理の皿がやって来た。子沢山で生活苦の下町女を聖母マリアに見立てた歌に乗せて、私たちはそれぞれに食事を始めた。

「僕個人としては、なかなか身につまされる歌詞ではあります」

「同じくです。子どもはいませんけど」

「『月曜日に子どもが靴紐の結び方を覚えた』という部分がありますが」

私はうなずいて小さく諳んじた。“Monday's child has learned to tie his bootlace.”

「“bootlace”を、密造酒や密輸を意味する“bootlegs”と捉える向きもありまして」

「そうなんですか」

「『月曜日に子どもが密売に手を染めた』と解釈する人もいるんです」

「……はあ」

「そう思うと、たったひとつの意味の違いでがらりと全体の見え方が異なってくる。随所が痛烈な皮肉になります。まあ、彼らの歌詞は深読みするためにあるようなものですので、真意はなんとも言いがたいのですが」

私は、へーえ、とことさら面白そうに笑ってみせた。でも、宝田主任はとくに後を続けようとはしなかった。言いたかったことはそこで終わりらしい。

「もし、自分のお子さんがそんなふうになったらどうします？」

私がそう訊いたとき、宝田主任はちょうどスプーンを置いて水を飲んだところだった。

「さあ、どうでしょうか」

「宝田主任や亮子さんが声を荒げて怒ったり、あからさまに機嫌が悪くなったりするところ、まったく想像できないですね」

「そういうものは、人様にお見せする姿ではないですから」

苦笑まじりになにげなく放たれた台詞が、ぐっさりと私の胸を貫いた。

「家族だけの秘密、ですか？」

「いいえ」

その否定は、いつものように静かだった。

「そんな大層なものではありません。歪《いびつ》なもの同士が補完し合うのが家族です。その未熟さゆえに互いを傷つけ合ったとしても、なんら不思議なことではありません」

かわいそうな人なの、宝田も。

と、いつだったか、亮子さんは言った。

次のレッスンまで余裕があるとき、たまに亮子さんは一階の奥にあるリビングに私を通し、お茶とお菓子をふるまってくれた。

そこにはテーブルと椅子が四脚、小さなテレビと大きなコンポがあった。入って右側の壁は一面が棚になっていて、びっしりとCDが収納され、亮子さんは気が向くとその中から何枚か貸してくれた。床に小さな子どもが実際に乗って遊ぶおもちゃの車や、シリーズ物の絵本が散らばっていることもあったけれど、たいていはきちんと片付けられていた。総じてとても落ち着いた雰囲気の、居心地のいい場所だった。

「本当のお母さんは、早いうちに亡くなってね。義理のお母様なの、いまの方は」

その日は寒かったので、亮子さんがロシアンティーを出してくれた。薔薇のジャムにウォッカをちょっと混ぜて落とした、外国の童話に出てくるような甘い紅茶。それを飲みながら、私は亮子さんの言葉を、暖炉のそばで安楽椅子のおばあちゃんが話す物語みたいに遠いものとして聞いていた。

「再婚してすぐ弟さんが出来たんだけど、死産だったらしくて。それで、お義母様が一時期、新興宗教に。昔はいまほどそういうものに関する知識も広まっていなくて、脱退させるまでいろいろと大変だったみたい。宝田自身も学校でいじめにあったり、一度決まった就職が駄目になったりね」

子どもを産んでも綺麗な人なんていまどきめずらしくないけど、それにしても亮子さんは美しかった。レッスンを終えるとつややかな髪はほどかれ、目を伏せるたびにさらさらと揺れた。髪や瞳の深い黒とは対照的に、きめ細やかな肌は心配になるほど白かった。

「だから雅彦が出来たときも、口にはしないけど、とても怯えてた。無事に産まれてくるかってことよりも、同じことが繰り返されるのが怖かったんじゃないかな。妊娠を知ったとたんにぴたっと煙草をやめたりしてね。わかりやすいったら」

けらけらと笑う亮子さんに、私はなにも答えられなかった。

「でも、怯えていることを認めたがらないの、本人は。だから私、せめて自分だけはたとえなにがあっても、この子が流れたとしても、ずっと変わらずにいようって決めた。煙草も、かまわないから吸ったら？　って。夫に喫煙を勧める妊婦なんて私くらいでしょ」

壮絶なことを言えば言うほど亮子さんの笑顔は輝いていき、反対に私のへたくそな愛想笑いはどんどん尻すぼみになっていった。

「本当はあの人、結婚したかった女の人がいたの。だけど、やっぱりそのせいでうまくいかなかった。だからいま、私がここにいる」

「宝田さんがそれを？」

「まさか。あの人の実家に行ったとき、お義母様が卒業アルバムを見せてくれて。話を聞きながらなんとなく。私にも女の勘なんてものがあるんだなって思ったよ」

いまはお義母様も落ち着かれてるの。雅彦もよく懐いて、とてもいいおばあちゃん。

亮子さんは無邪気に笑った。私には、とうてい信じられないくらいだった。

「いまでも宝田は、肝腎なことにかぎって教えてくれない。もちろんおおよそは聞いたよ、過ぎた話として。でも、本当に大切なのはその裏側にあるものでしょう？　きっと、もう取り返しのつかないような出来事だってずいぶんあったと思う。それを人に、たとえば私に吐き出せば、少しは荷が降りるのかもしれない。だけどね、宝田にはどうしてもそれができないの。家族だから、は相手に必要以上の負担をかける理由にはならない、そういう信念があるの。信念って言うと本人は嫌がるかな。そういうふうにしか生きられない人なの。そうしたい、より、そうあるべき、を優先させるの。相手が誰でも」

コンポからは絞ったボリュームで、R&B風の洋楽が流れていた。亮子さんの趣味ではなかった。その証拠に彼女はふっと顔を上げ、「渋いなあ」とつぶやいた。

「知らないでしょ」

「……はい」

「アメリカの歌なの。"Don't Leave Me This Way"」

こんなふうに置いていかないで。

宝田主任はいつのまにか食事を終えて、新しい煙草を吸いはじめていた。

私はその長い指を眺めつつ、あの曲の入ったCDをコンポに入れた瞬間、この人はどんな気持ちだったんだろうと思った。

「――宝田主任は」

「はい」

「人生で、あの出来事さえなければこんなふうじゃなかったのに、別の道があったかもしれないのに、って、考えたことありますか」

シガレットケースに入った煙草の銘柄を、私は知っている。一度、職場の近くのコンビニで買っているところを偶然見かけた。赤い丸に太いゴシック体でLUCKY

STRIKEとプリントされたそれが妙に印象深くて、つい覚えてしまった。

「どうでしょうね」

口をすぼめて煙を吐くとき、宝田主任の眉間には深いしわが寄る。私はほとんど無意識に、この人はこんな顔をして妻を抱くのかな、と想像した。

「恵那さんは、あるんですか？」

質問返しはずるい気がしたけど、素直に答えた。

「考えてもしょうがないと思います。だって、私よりつらい目に遭っている人なんていくらでもいるから。くよくよしている暇があるなら前進しなきゃ」

いい発想ですね、と、宝田主任はまんざらお世辞でもなさそうに言う。

「だけど、よくわからないんです」

「なにが、ですか？」

「……なにがわからないのかも」

パスタをフォークに巻きつけながら、私は話を変えた。

「宝田主任は、奥さんを愛してますか？」

「中年男に酷な質問を」

苦笑されて、私も笑い返した。だけど、追及をゆるめる気はなかった。

「たとえばすごくひどいことがあった結果、自分は本当に誰かを愛する機能が壊れてしまって、正解かどうかもわからないままこの人と一緒にいるんじゃないかって思ったこととか、ぜんぜんないですか？」

宝田主任は煙草を灰皿に押しつけた。まだ少し長さがあるように思えたけど、惜しみなく火を揉み消す。

「僕の、父方の祖父母の実家は、福岡でして」

「……訛りとか、ないんですね」

「そうですね。父と話すときくらいでしょうか」

つられるんですかね、と言う宝田主任は相変わらず折り目正しい敬語で、それの崩れるところが微塵も想像できなかった。

「柳川のあたりで。北原白秋の地元なんです。……白秋はご存じですか」

「まあ。『からたちの花』とか『待ちぼうけ』とか。ええと、短歌も作ってますよね」

「そう。童心を重んじる一方で、なかなか女性関係は華やかな男だったようですが」

宝田主任はふっと笑い、下がってきた前髪を人差し指で分けた。

そしてふいに、ほのぼの、とつぶやいた。

「はい？」

「――『ほのぼのと妻が悲しと言ふゆゑに慎吾かはゆやあはれ慎吾よ』」

そう諳んじた口調はいつもどおり穏やかだったけれど、どこかゆっくりとした波があった。だから、それはなにか詩歌の引用なのだとわかった。

「数年前、白秋の未発表短歌が見つかりましてね。地元の小さい記事ですが、新聞にも載りました。慎吾とは、彼の弟子だった男の名だと言われています。河野慎吾、という」

彼は促すようにこちらを見た。だけど、私にはもちろん意味がわからなかった。

「僕にとって、妻はそういう人なのです」

「……え？」

「この河野慎吾は、ままならぬ恋に苦しんでいたのではないかと推測されます。白秋は恋多き男ですから、そのこと自体は彼にとっておそらく些事だったでしょう。彼の代表作は、不倫関係にあった女性に捧げた歌だと言われていますし」

私は思わず、それどんな歌ですか、と訊いた。宝田主任はまたしてもすらすらと諳んじた。

「『君かへす朝の舗石さくさくと雪よ林檎の香のごとくふれ』」

「綺麗な歌ですね」

「妻もそう言いました。僕には、ややロマンチックに過ぎますが」

話を戻しますと、と宝田主任は言いながらほんの一瞬だけ、腕時計に目を落とした。昼休みが終わるまであと十五分。私はちゃんと確認していた。

不倫をすると、ばれないように時計を見るのがうまくなる。

「この場合の『かなし』は、悲しいでも、いとおしいでも、あるのでしょう。僕には、妻がそうと言うから慎吾がかわいい、かわいそうだと思う、白秋の心情が理解できる気がするのです。そして、そういったものを愛と呼んでも、おそらく差し支えないと考えています。高名な文豪と己を引き比べるなど、おこがましい話ですが」

心持ち急いでコーヒーを飲む宝田主任の喉元を、私はじっと眺めた。

ここに、手に持ったフォークを突き立てたらどうなるだろう。

私は、この男を殺したかった。自分の妻ではなく、彼女を通した光景をつねに見ているこの男を。甘やかされていることに気づきもしない、この男を。

それは安易な怒りとか、憎しみじゃない。取り返しのつかないものを、この男に、この男の家庭に、この男の妻に、与えてやりたいという、欲情に近い衝動だった。

「私、もうすぐ実家に帰るんです」

「ご実家は、埼玉でしたっけ?」

「千葉です」

「ああ、すみません」

「女手ひとつで育ててもらって、ここまで好きにやってきたので、そろそろ親孝行しなきゃって。でも母は、私に結婚してほしいみたいなんです。心配ですね。私にも、ちゃんと宝田主任みたいな旦那さんが見つかるかなあ」

精一杯の皮肉だったが、目の前の男は動揺しなかった。ただ、裏返しに置かれたレシートを取って確認しながら、結婚はまだしも、とつぶやいた。

「僕のような、というのは、やめたほうがいいでしょう。お世辞にしても」

「私、生まれてこの方、家庭をふたつ壊してるんです。自分のと、ほとんど知らない人のと」

私はまた、へらへらと笑っていた。

「それでも、見つかりますかねえ」

「見つかるかどうかはわかりませんが」

宝田主任は真面目な顔で、

「少なくともそれは、見つからない理由にはなりません」

と、答えた。

お会計は宝田主任がしてくれた。私は奢られたくなんてなかったけど、「餞別代わりです」と財布を出すのをやんわり止められてしまった。店を出てからは、ふたりともずっと黙っていた。ビル風の強く吹く、駅と会社の分かれ目になる大通りの一角に差しかかったとき、私のほうから立ち止まって言った。

「じゃあ、このあたりで。ごちそうさまでした。いままで、お世話になりました」

宝田主任も立ち止まり、微笑んだ。腰から顔まではこちらに正対していたけれど、爪先はもう職場のほうを向いていた。年季が入っているわりに光沢のある、上品な靴。

「恵那さん」

「はい」

いま気づいたけれど、宝田主任はきょう、老眼鏡をしていなかった。直接、あの草食動物のような、きっと職場で私と噂になっていたなんて知ることは一生ないであろう曇りのない眼差しで、じっとこちらを見つめていた。

「ご多幸を、お祈りしております」

「はい」

私は微笑んだ。はい、幸せになります。

宝田主任はうなずいて、右手を出した。

一瞬ためらった後、私はそれを握った。その手は乾いていて、爪が短くて、短すぎるほどで、この人の、自分自身に対する無頓着さをうかがわせた。そんな彼のために、飴色の靴を磨いている人の存在を思った。

家庭につながる、右手。

それが一度上下に揺れて、ごく自然に離れた。ほとんど同時に、もう歩きはじめながら、宝田主任はその手を額のあたりで軽く振った。そしてコートの裾をひるがえし、職場に、あるべき場所に、帰っていった。

三秒数えてそれを見送った後、私はその背中に背を向け返した。

今度こそもう会うことはないだろうと、確信を持ってそう思っていた。


夜、メリッサに電話をして、三月までの勤務でよければ面接に行くと伝えた。通話口で息を吐いて「正直助かるよ」と答えたメリッサは、どこかの店にいるようだった。背後からは喧騒にも負けないボリュームでテクノポップ風の電子音が流れている。私ならきっと五分といられない場所だ。

「まあ、資格があるから給料はちょっと上乗せできるかもしれないけど。でも、あくまで補助だから」

「うん」

「ひとりでなにかさせるってこと、ないから」

「……うん」

「やるからにはきりきり働きなさいよ。アンタほっとくとすぐ怠けるんだから！」

「わかってるよお」

メリッサは本当にやさしい。そのやさしさを、私はようやくきちんと受け取めることができた。

翌日、面接が二週間後に決まったとあらためて連絡があった。

私はクローゼットの奥からちゃんとした襟のある服を引っ張り出してきて、しばらく履いていなかった黒いパンプスを磨いた。美容院に行って髪を染め直し、毛先を少し整えてもらった。手の爪を切り、ついでに秋以降、たまに切る以外ほったらかしだった足の爪にやすりを掛けて赤く塗った。気合を入れているというより、いまのうちにいろいろなことをしておこうと思ったのだ。久々に活動的になっていたから、母からの電話があるまで土曜日が来たことにも気づかなかった。

「なんだか元気そうじゃないの」

開口一番言われたとき、私はちょうど、朝干した布団と洗濯物を室内に取り込んでいるところだった。

「なにしてたの？」

「部屋の片付けとか、布団干したりとか」

「あらそう。偉いじゃない」

お昼は食べたの、と訊かれなかったのは、電話がいつもより遅かったからだ。気の早い太陽が西に沈みかけ、雲ひとつなかった空にグラデーションを作っている。

「久々にいい天気だったから」

ベランダに干していた洗濯物はほとんど乾いていたけれど、芯のほうに冬の太陽そののような、ほの白い冷たさを含んでいた。それを取り込みながら私は、今回が言うタイミングだろうな、と思っていた。

「お母さん、きょうはどうかしたの？」

そう訊きながら、私は窓を少し開けたままカーテンだけ閉めた。

久しぶりに、部屋で音楽を流していた。音質にこだわるほうではないからパソコンのオーディオ機能でじゅうぶん事足りる。近所迷惑にならない程度のボリュームではあるけれど、それでもやわらかいカノンの旋律が部屋に一瞬充ちて、それからふわっと外にほどけて出ていく感触が気持ちよかった。

「いつもお昼に電話してくるのに」

「ああ」

その、ああ、の響きに、どことなく安心したような、それでいて不穏なものを感じた。

私は携帯電話を耳と肩で挟み、ベッドカバーを両手に抱いたまま立ち止まった。

「病院から帰ってきたのよ、ついさっき」

「仕事だったんだ。大変だね」

「私じゃないわよ。お父さんの」

「じゃあ、岐阜に行ってたの？　おじいちゃん、どこか悪いの？」

母方の祖父母はふたりとも健在で、伯父が二世帯住宅を構えて面倒を見ている。最後に会ったのはもうずいぶん前だ。祖父は私が保育士を目指して短大に通うと聞いたとき、「あんな目に遭ったからどうなることかと思ったが、恵那にもちゃんと女らしい、まともな心が残っとったんじゃなあ」と喜んではばからなかった。祖母は「恵那ちゃんの花嫁姿を見るまでは頑張らんとねえ」が口癖で、聞くたびに私は曖昧に笑うしかなくなった。

「そうじゃなくて」

母の声が苛立ちを帯びた。察しが悪い、と言わんばかりに。

私はただ、無力な子どものように答えを待った。

「お父さんよ。あんたのお父さん」

恵那。

そこにいるのかっ。

声が聞こえた気がして、私はとっさに後ろを振り向いた。

台所へと続く、申し訳程度のドアは閉まっている。

前を向いた。

外から吹き込む微風に、薄っぺらい遮光カーテンが揺れている。

「……どうして？」

「お父さんねえ、こないだ、急に倒れたの。くも膜下出血で」

母の説明は、私の右耳から左耳へと抜けていった。言葉を理解する機能が壊れたみたいに。

まだ若いのに、ひどい話でしょ？　ひとりでいたときだったから発見も遅れてね、いまでも病院にいるの。目が覚める確率は三分の一か、それより低いくらいなんですって。健康診断を受けるお金もなかったもんだから、誰も気づいてあげなかったのね。かわいそうに。急に頭が痛みだして、意識が遠くなって、どんなに不安だったか。こんなことになったっていうのに、頼れる人もいないのよ。

言いながら母の声が、クライマックスに向けて盛り上がってゆくオーケストラの演奏のようにどんどん涙で膨らみ、震えながらクレッシェンドになっていった。私には、とうてい理解できないことだった。

だからつい訊ねてしまった。

「それがどうしてお母さんと関係あるの？」

私としては、当然の質問のつもりだった。

母の言葉が途切れた。

一秒、二秒、三秒。

その向こうには、なんの音もしない。私が捨てた実家、父の気配のまとわりついた実家で、ひとりで、父だけを思いながら、母は私に電話を掛けてきている。

流していたクラシックが妙に耳について、たまらず私はノートパソコンを閉じた。世紀を超えて現代に届いた、強い力があるはずの旋律が、その動作を取るやいなや、あっというまに機械の奥に飲み込まれて消えてしまう。電子の向こうの、虚無の世界へ。

「あんた、どうしてそんな言い方をするの？」

「どうしてって、だって」

本当は、まったく同じことを訊きたかった。お母さん、どうしてそんな言い方をするの？

だけど私は笑ってしまった。それが母をますます石のように押し黙らせることになると、わかっていても止められなかった。

「そりゃあ、びっくりするよ！　いままでお母さん、言ってくれなかったじゃない。まだ連絡取ってるなんて」

「お兄さんに止められたのよ、恵那が動揺するから大人になるまでは教えるなって。私はそんな必要、ないと思ってたんだけど」

いつのまにか私は部屋の隅っこに座り込み、ふわふわと揺れるカーテンの裾を握っていた。暖房の届かないフローリングの角はひんやりと冷たくて、動くことができなかった。

「あんた、帰っていらっしゃいよ」

それは待ち望んでいた台詞のはずだった。

母からそう言われたら、ふたつ返事でうなずく準備はできていた。うん、わかった。東京はもういいや、飽きちゃった。資格も持ってるし、まだ若いうちなら貰い手もあるしね。あくまでも明るく。

なのに、それができなかった。黙っている私に、母はなおも言い募った。

「あの人、ひとりぼっちなのよ。会ってあげてよ。もう、いいでしょう?」

「なにが?」

我ながら軽率だったかもしれない。

母はまた沈黙した。ぎりぎりまで糸を張り詰めさせたような黙り方だった。

私は、なにが、と訊いた自分の声が、うわずって、電話越しのせいでひび割れて、まるで泣いているようにも、笑っているようにも、聞こえただろうと気がついた。

やがて、凍った唇が開くように、母は言った。

「――あんたって」

お母さん。お母さん。それ以上なにも言わないで。

「そういう子よね」

「そういうって？」

「ほらまたそうやってばかにして」

「違うよお……」

「わかってた、わかってたのよ、そういう子だって。親の死に目より自分の意地のほうが大事なのね。恵那は昔からそう、いつもへらへら笑って外面はいいけど、本当の意味では人に興味なんてないの。こういうときに本性が出るのよ。後ろ指差されたらかわいそうだと思って頑張って育てたのに、片親だとこんなもんかねえ。あんたは、冷たい子ね。赤い血が流れてない。知ってたのよ、ずっと知ってた」

息継ぎも忘れたようにまくし立てる、母の声には感情も抑揚も、なにもなかった。電話の向こうで母が笑いながらこれを口にしていたとしても驚かない。だって、私自身がそういうふうに生きてきたんだから。

「それとも、やっぱりそうなの？」

「そうって、なにが？」

「後ろめたいことがあるから、お父さんに会えないの？」

なにを言われているのかわからなくて、私は答えなかった。母はそれを別の意味で、自分の捉えたい意味で受け取ったらしい。

「あんたあのとき、本当にお父さんに落とされたの？」

「だから、思い出せないんだってば」

私の心はどこか、ばかになってしまったみたいだった。からっぽの言葉はもうまるっきり挑発的に、自分自身じゃなくて母を笑いものにしているように響いた。

笑ってはいけないことくらい、わかっていた。でも、それ以外になにもできなかった。私を女手ひとつで育ててくれた母。外に投げ出された勉強机の代わりに安い卓袱台を買って帰ってきて、ひとりで私の部屋に運んでくれた母。私が東京の短大に行くと知って、寂しがりながらも応援してくれた母。

その人が、知らない女のように、恐ろしい男のように、私を責め立てる。

「あんたは、なにを考えているかわかったもんじゃない。昔から、平気で嘘をつくんだから」

「いつ、私が嘘をついたって？」

純粋に訊ねているつもりだった。だけどそれを機に、母の声がかっと熱を帯びた。

「あの日、なにがあったの。あんた、お父さんになにをしたの。言えないようなことだったの」

その言い方で、母がどういう情景を想像しているか、雄弁にわかってしまった。

――この、泥棒。

声の奥にあったのは、かつて勤めていた保育園でほかの保護者や子どもたちの前で投げつけられたのと同じ、嫉妬の響きだった。自分の所有物だと思っていたものを掠め取られた人間特有の、正義を確信しているのに妙に薄暗い、あの、どろっとした響き。

「だから、なにも覚えてないよ」

「嘘おっしゃい」

「本当、だってばあ……」

へらへらと笑いながら、私は膝を抱えた。

痛いほど強く、背中を部屋の角に押しつけた。

頬を殴りつけるように私の名を呼びながら、父が私を追い詰めたときと同じように。

「――お母、さん」

そう呼んだとき、母はもう、通話口の向こうにいなかった。

「お母さぁん……」

私は泣いていなかった。ただ、泣いているような掠れた声だけが出た。顔で笑いながら涙声を出す自分を、たしかに母の言うとおり、息をするように嘘をつく人間だと、作り物みたいだと思った。

携帯電話の画面は、真っ暗なスリープ状態に戻っていた。私はゆっくりと、それを床に転がした。

痺れた足を引きずって立ち上がり、カーテンの向こうの窓を閉め、鍵を掛ける。外の音が途切れたとき、初めていままで流れ込んできていたあの旋律に気がついた。一ヶ月も経たないうちにずいぶんミスタッチが減って、なめらかになっていたからむしろわからなかった。

主よ、人の望みの、喜びよ。

ひとの、のぞみの。

もう、夜も更けかけていた。私はこんな時間まで近所に響くほどの音で練習できる、顔も知らない相手のことが発狂しそうなほど妬ましかった。その、世界に許容されて当然だとあえて思うまでもなく確信している、傲慢さと健やかさが。

それを得られていない私は、逃げるように窓に背を向けた。

落ちている電話を拾い上げたって、掛ける相手なんかどこにもいないと知っていた。だから台所に駆け込んだ。流しの下にある大瓶を取り出し、それにすがりついて、一心に恋人の姿を求めた。ガラスの表面に額を寄せ、まぶたを閉じてその中の息遣いを感じようとしながら。

そうして目を開けると、私の恋人は寝室にいた。

宝田家は二階建ての一軒家で、玄関を入ってすぐ左手に防音室、その隣に洗面所とお風呂がある。右側の手前に階段、洗面所の向かいがトイレ。廊下をまっすぐ行くとリビングと和室。そしておそらく、二階に夫婦の寝室がある。

もちろん、私は階段を上って確かめたことはない。それをやったが最後、本物の泥棒になってしまう。そこらへんにいる、相手の気持ちなんてひとつも考えないような、ただの愛人にはなりたくなかった。

明かりが落ちた部屋の様子は、よく見えなかった。どんなインテリアがあるのか、どちらの趣味がより色濃いのか、そんな詳細は判然としない。ただ、宝田主任と亮子さんはふたりきりで、まっしろなシーツに護られながら、ひとつの生き物になっていた。

抑えた息遣いが漏れ聞こえてきた。琥珀色の液体と、球体の落とす影の向こうに、亮子さんの裸の肩が覗いている。本人が、羽織るたびにずり落ちてくるカーディガンやパーカーを直しながら、撫で肩なんだよねえ、と嘆いていた肩。その、たまに垣間見えた、白い肌。

そこに宝田主任が手を回す。鎖骨から顎の下に掛けて、さもいとおしげに唇を這わせてゆく。亮子さんが甘く香る溜息をつく。

シーツの下は見えない。

でも、私には想像がついてしまう。宝田主任の長い指を見るたびに、亮子さんの細い首筋を見るたびに、この男はどういうふうに妻を抱くのだろう、この人はどういうふうに夫に抱かれるのだろうと、想像しなかったことなんかないんだから。

いままでふたりと築いてきた日中の関係はそれを探るためだったようにすら思えて、私は自分の薄汚さに胸が痛くなる。

見られていることも知らずに、瓶の中で、その行為は淡々と続いてゆく。

宝田主任が身体を離し、水飲み場の草食動物のように、美少女の爪先にひざまずく中年男のように、長い首を前方に傾け、亮子さんの耳に何事かをささやきかけた。たぶん、労わりの台詞だろう。それを聞いた亮子さんが笑う。声を殺して、だけど心からおかしそうに、楽しげに。

宝田主任が憮然と眉をひそめる。老眼鏡を掛けていないからか、少し眉間にしわを寄せている。険しい表情のせいか、普段より若々しく見える。

亮子さんがその頬に手を伸ばし、ささやき返す。

「大丈夫だよ」

そこだけは、妙にはっきりと聞こえた。

まるで私に言っているみたいだった。

宝田主任はふたたび、亮子さんの耳の下あたりに顔を埋める。

亮子さんはごく自然に頭を傾け、そこを夫に明け渡す。髪が枕の上に拡がる。

子どもを産んだばかりとは思えない。首筋は相変わらず華奢で、なんて綺麗なんだろう、と私は思う。どんなに若く見える女でも首と手だけは嘘をつけない、とたまに聞くけど、そんなのはそれこそ嘘だ。その喉にはっきりと寄っている横の線ですら、しわなんて呼べないくらいまっすぐで潔い。あそこに刃物を走らせたら、舌を這わせたら、どんな気分がするものだろう。

目を離すことができなかった。

なにかが鼻から目頭にこみ上げてくる気がしたけれど、それでも額を離す気にはなれなかった。恋人の漬けた淀んだ琥珀色の中で交わるふたりは、古い映画みたいに完璧で、現実的な生々しさがまるでなかった。

――かわいそうな人なの、宝田も。

亮子さんが宝田主任の背中に手を回す。そのとき、シーツが彼の肩から滑り落ちた。そこにいつか聞かせてもらったような苦労の痕が見えるか探ろうとしたけれど、わからなかった。ただ、ずっとスーツの下に隠れていた、魚の腹にも似た濡れた光をおもてで放つ、肩甲骨の不穏な尖り方を美しいと思った。

美しければ美しいほど、憎かった。

――殺してやりたい。

あの男を殺してやりたい。物分かりのいい妻に存分に甘やかされていながら、それに気がつきもせず短歌なんか詣んじていたあの男を、ここからなんとか殺す方法はないものか。

そんなことを考えるうちに、梅の実がごとんと落ちた。

そこで、ぶつんとスイッチを切るように視界は遮られた。

私は、いつもみたいに目を閉じることもできず、その一部始終を眺めていた。瓶の表面に自分の眼球が映った。うつろな、死んだ魚みたいな瞳。

しばらくじっとしていても、自分の濁った目以外、なにも見えなかった。

瓶から額を離し、流しの下の扉を閉めた。

死んでしまいたかったけど、それどころか泣くことさえできなかった。

だけどだからこそ、勢いよく、行儀よく順番なんか守らずに、ふっと死んでしまえそうな気もした。


誰のために笑ってるの、と私に訊いたのは、それこそ誰だっただろう。覚えていない。ただ、答えられなくてやっぱり笑ってしまった自分がいたことだけは思い出せる。

取り込んだ洗濯物を畳む気にもなれなかった。枕カバーや肌着や靴下は、面接に着て行くはずだった服と一緒に部屋の床に散らかしたままにしていた。布団にシーツを掛けるのすら面倒で、むきだしのまま被って丸くなって、細切れに眠っては起きることを繰り返した。でも、後から後から押し寄せる睡魔をいくらやり過ごしても、目覚めた頭の中はフィルムでも挿し込んだように赤いままなのだった。

落ち込んだらとりあえず寝るのがいいよ、と私に言ったのはメリッサだった。

「アンタへこんでるときに起きててまともなことしたためしがないじゃない。安い酒飲むかジャンクフード食べるか、ろくでもない男に襲われるか」

最後のひとつは自分の意志じゃない。不本意だったがぐうの音も出なかった。だから、落ち込んだと思ったらとりあえず飽きるか貧血になるまで布団の中に潜ることに決めていた。

それすらままならない日が来るなんて、想像もしていなかった。

私はあとひとつ、もうひとつだけ、と言い訳しながらチョコレートをつまむ女の子みたいに、何度も流しの下を開けた。まるで瓶自体が恋人そのものであるかのように、触れるだけでは飽き足らず、すがりつき、抱擁し、額を寄せた。

幻は、まるで私をばかにしているようだった。ぱったり見えなくなることもあれば、誰もいないリビングや防音室がほのめくこともあれば、台所で三口コンロの前に立つ亮子さんの横顔や、おもちゃの車で遊ぶ彼らの息子が覗くこともあった。意外にも、いちばん動揺したのは雅彦くんの姿を目にしたときだった。

実際の雅彦くんに会ったことは、一度だけある。

その日はどういう事情があったのか、リビングにお姑さん――宝田主任のお母さんがいて、玄関を開けたときからにぎやかな声がしていた。そうしてレッスンの前、私と亮子さんが準備をしていると、雅彦くんがおぼつかない足取りで入ってきたのだ。前の時間に受講しているはずの女は、もう帰ったらしくいなかった。

「まぁくん、おばあちゃんは？」

亮子さんは、いつもより少し声をやわらかくして言った。といえー、と無邪気に答えた雅彦くんは、ふいに私を見上げて、母親のほうへ向かおうとしていた足を止めて凍りついた。

私は、こんにちはー、と笑って屈みながら、しげしげとその顔を観察した。初めて写真以外で見るふたりの息子は、どちらにも似てないように思えた。強いて言えば、ぽつんとつぶらな瞳は父親、小さな鼻と口は母親寄りだった。私がその意見を伝えると、亮子さんは「そうかな」とだけ答えた。

「恵那ちゃん、そういえばこれ、忘れないうちに返すね。ありがとう」

亮子さんがふいにそう言って差し出したのは、私が貸していたCDだった。町内会のイベントの手伝いをしなければならない、子ども向けに童謡の入ったものを使う用事があるから貸してくれと頼まれて、その二週間ほど前に渡していたのだ。私はなにも考えずに、丁寧に紙袋に入れられたそれを受け取った。覗き込むと案の定、大仰すぎない小さな焼き菓子が一緒に添えられていた。たぶんデパートか高級なスーパーで買ったのだと思った。

「ああまた！　どうせ家にあったものだし気を遣わなくていいのに、亮子さん」

そう呼びかけたということは、たぶんある程度親しくなったころだったのだろう。

「いやいや、本当に助かったからさ。意外と自分で弾けちゃうとこういうのって持ち合わせがなくて。うちの教室、大人しか来ないし」

「どうでした？　役に立ちました？」

「うん。最近の子ども向けオムニバスは侮れないね、アレンジとか洒落てて驚いた」

「ならよかった」

紙袋を自分の鞄にしまおうとしたとき、それまで寄って来なかった雅彦くんが、ふいに私のスカートの裾を引いた。

「ん？」

気まぐれで急に甘えてきたのかな、と思い、私は猫撫で声を出して見下ろした。そうして驚いた。雅彦くんが思いのほか険しい、敵意のある顔をしていたから。

「ねーね」

受け取ったばかりの紙袋に、小さな手が伸ばされた。

「ねーね、ままの」

私が棒立ちになっていると、ぷうっと白い頬が、内側からつついたように膨らんだ。

「ままの」

背伸びしながら必死で紙袋を摑もうとする、その姿を見て、ああ、とようやく得心した。

きょとんとしつつも雅彦くんの手を引き戻している亮子さんに向かい、

「ママが持っていたものを私に渡したから、ママのものを私が取ったと思ったんですね」

説明すると、彼女はふっと小さく吹き出した。

「ばかねえ」

亮子さんは雅彦くんを軽々と抱き上げ、部屋の外に出そうとした。それでも彼女の小さな息子は私を見つめながら、頑固に同じ台詞を言いつづけた。

「ねーね、ままのっ」

トイレから戻ったらしいお姑さんに引き渡されそうになっても、雅彦くんはしばらく粘っていた。私が紙袋を手放すまで納得しないその様子を見て、亮子さんは「子どもの視野っていうのは、狭いのか広いのかわかんないなあ」と笑った。私は、内心彼女がうらやましかった。味方がいることより、そんなふうに言ってしまえる無邪気さそのものが。

亮子さんは雅彦くんの見ている前で、一度、紙袋を自分の手に戻した。そして彼がいかにもやさしそうなお姑さんに連れられて行ってしまったのを確認してから、やれやれというようにドアを閉め、あらためて渡してくれた。

「まいったねえ」

調子を合わせて笑いながら、だけど、私は彼の小さな双眸から、はっきりとした意志を持ってこちらに向けられた視線を、しばらく忘れられなかった。

子どもの記憶力は恐ろしい。

雅彦くんにとって、私はいまでも「泥棒のねーね」なのだろう。

そんなつまらないことを思って、なぜだか笑ってしまった。子どもは本質を見抜くって本当だ。私は人のものを盗んでばかりいる。それも、返しようがないものばかり。

私は布団を台所に持ち込んで眠るようになった。

目が覚めたらときおり脱皮するように布団から出て、歯を磨き、シャワーを浴び、部屋着を替えて、また布団に戻った。さすがに化粧をしたり外出用の服を着たりはしなかったけれど、恋人につながる場所で少しでも清潔にしていたいと思う自分が我ながらおかしかった。最初は冗談めかした、ほんの出来心で、すぐにまともな姿勢に戻るつもりだった。だけどなにせ廊下は寒くて、布団を被った場所以外があっというまに冷えてしまったのでほかに動く気力もなくしてしまった。

メリッサからの電話が鳴ったのは、床と私と布団の間に境目がすっかりなくなって、いましも溶けてしまいそうになる直前だった。

「面接の件だけど、時間を少しずらしてくれないかな？　悪いね」

そう言うメリッサは職場から掛けているみたいだった。後ろは静かだったし、口調が、というより声のトーンが、どことなくいつもより男っぽい。

「まあ、園長に伝えたら喜んでたから、ほぼ決まりだとは思うんだけど。いちおうね、形式的に」

私はぼんやりと答えた。

「――いい」

「いいって、オッケーってこと？」

「ううん」

私の様子がおかしいことを察したのだろう。

メリッサは黙った。おりしも向こうで、はーしてんてー、と舌足らずな女の子の声と、それをなだめる大人の女性の声がした。

「ごめんねメリッサ本当にごめん。やっぱり無理だよ。戻っちゃ駄目、私またやるもん」

「いや待ちなって、急にどうした？」

「ごめん、ごめんなさい。メリッサの体裁があるなら私から謝るよ。電話でも直接行くんでも」

「すみませんけどドタキャンさせてくださいって？　そんなん逆に迷惑だってば」

「じゃあどうすればいいかな、どうやって責任取ったらいい？　わからないんだよ。ごめんねこんなこと訊いて、本当にごめ」

「謝るな」

厳しい語調で言った後、メリッサは溜息をついてぐっと声を落とした。

「恵那、どこにいるの。まさかまた妙な男に飲まされてないだろうね」

「やっぱり私ってそういうことしそうに見えるんだ」

「いちいち絡むんじゃないよ面倒くさい！」

押し問答の末にメリッサは私が自宅にいることを探り当て、「一時間以内に行くから待ってな。逃げたら承知しないよ！」と電話を切った。

メリッサは約束を破らない。はたして、きっちり五十八分が経過したところでインターフォンが鳴った。さすがに無視することもできず、布団から這いずるように出て、玄関のドアを開けた。

迎えた私を、色白の美青年が顔をしかめて見返した。

一歩間違えれば短すぎるほどさっぱりと髪を整え、ベーシックなデザインの藍色のダッフルコートに白いマフラーを巻き、紫のデニムを穿いていた。学生時代よりも多少、男物の身なりにも金を掛けているようだった。髭は丁寧に剃られていたものの、作り込んだファンデーションの質感がないから、肌の表面にわずかな凹凸があるのが見て取れた。目はもともと大きいはずだけど、それでも、いつもの付け睫毛に慣れているとちょっと騙された気分になるほどその形状はシンプルだった。輪郭は十代の丸みが抜け、骨っぽい印象は拭えなかった。仏頂面をしているので眉間にしわが寄っていた。そしてなにより、ゆるんだマフラーの隙間から覗く喉仏の突起が、拭いきれない性別を示していた。

久しぶりに見る「林くん」の姿だった。

「やっぱり」

これだけは変わらない低い声が、履き込まれたスニーカーを脱ぎながら吐き捨てた。

「なにが？」

「三日はろくに飲まず食わずってとこか。なんでほっとくとそうなるの？」

「酒飲むな、悪いもの食べるな、男とやるなって言ったのそっちじゃん」

「どうしてそう、手を替え品を替え自分を痛めつけるほうにばっか頭働かすの？　落ち込んで落ち込んで落ち込み疲れて浮上すんのが目的だったら、止めないどころか指差して笑ってもやるけどさ。恵那はそうやってさんざん自分を痛めつけてズタボロになった挙句、自分には痛めつけられる資格もないっていうクソみたいな理由でようやくやめるんだよ。勘弁して。見てて不愉快」

不愉快なら来なけりゃいいじゃん、と思ったけど私は言わない。ただ、そう罵りながらもおそらくタクシーで飛ばしてきたらしい不機嫌な横顔が無性におかしくて笑いが漏れた。すると、アイメイクで存在感を増していなくても、いないからこそ怖い目に思いきり睨まれた。

「そんな有様になってまで笑うのもやめてくれる？　誰の機嫌取ってんの？　なにその格好、いま何月だと思ってんの。とっとと風呂にでも入ってあったまってきてよ」

「いやだ」

「わがまま言わないで、病人みたいな顔して」

「病人のほうがマシかも。働けるのに無職で子ども産めるのに産まない女なんて社会のゴミ」

「だからさあ、なにがあったか知らないけどそういう発想がムカつくっつってんでしょうが！」

「大声出さないでよお」

思えば私は一度も、親友を含め誰に対しても一度も、そう頼んだことがなかった。狭い喫茶店で怒鳴られても、夜の繁華街のど真ん中で罵倒されても、絶対に自分に向けられたものを拒まなかった。それに気がついたのかもしれない。声のトーンがふっと落ち、だけどいっそう凄みを増した。

「早くそのばかな考えごと全身丸洗いしてきて」

「いやだって」

「アンタの裸とか興味ないし、うっかり見たってやりたくなったりしないから」

「前だってそう言われたよ」

「誰に」

「おとうさん」

寒さのせいか化粧をしていないせいか、いつもより色の薄い口がつぐまれた。

私はたぶんまだ笑っていたと思う。なにを言っているのか、はたしてそれが真実なのかすら、わかってはいなかった。そんなことどうでもよかった。自分を損なう台詞であれば、なんだって。

「――親父から連絡でもあったの？」

「ないよ。病院なんだって。もうすぐ死んじゃうかもしれないんだって」

「よかったじゃない。あの屑みたいな暴力親父でしょ？　ざまあって感じじゃん」

あまりにもずばんと一刀両断されて、また笑った。

「死んでもゆるせない」

「そうね、当然よ」

「そう思われてるんだよね、どっかで私も」

「思いたい奴には思わせときゃいいでしょ」

「メリッサは強いね。頭もいいし、生活力もある。私は駄目だよ、ばかだし気も利かないし、唯一あるのが若さだけでそれも使い物にならない。セックスもできない愛人なんて最悪だよ。詐欺みたい。よくあんなに長く相手してくれたなあって思う」

答えはなかった。

親友は無言のまま、コートを脱ぎもせずマフラーさえ外さず上がってきて、台所の床に丸まっていた裸の布団を抱え上げ、私の脇を通り過ぎた。久しぶりに部屋の電気をつけ、布団を小さいベッドの上に戻す。それから床を見て溜息をつき、散らかっていた服や布類をひとところにまとめ、一枚一枚丁寧に畳みだした。

その後ろ姿を見ながら、私は途方もなく孤独だった。

この人と一緒にいてこんな気分になるのは、初めてだった。

「私が保育士辞めてから、キャバクラで働いたのって」

振り向きもせず手際よく洗濯物を片付けながら、「うん」と相槌を打たれた。

「べつに、自分を痛めつけたかったんじゃないんだよ。ただ克服したかったの」

「いいじゃん。したくなけりゃ、しなければいいのよ。あたしもそう。手術して女になれとか職場でカミングアウトしろとかやたら言ってくる奴いたけど、よけいなお世話だよ。やりたくないことはしたくない。自分として生きてくだけで沢山だもの」

口調は淡々としていたけど、私はちらりと覗いた横顔から、『手術して女になれ』と言った人間が本人にとっては大切な存在だったのだろうと察してしまった。いつもの縦ロールがないせいか、それは悲しいほど無防備に見えた。

「カウンセリングも受けた」

「知ってる。頑張ったね」

「でもやっぱり昔のこと思い出さないと駄目だって。立ち向かわないとどこにも行けないって。思い出したくないって言ったら、過去から逃げているんだって怒られた。そんなんじゃお母さんがかわいそうだって」

「くたばれヤブ医者って言ってやんな」

コートのポケットから煙草が取り出された。

昔からスモーカーではあるけど、普段は決して屋内で、まして私の部屋で吸うことはなかった。それでも台所の換気扇の下に行くのが彼らしい。むきだしでポケットから出てきたくしゃくしゃの箱に、HOPEと書いてあったことにまた笑った。宝田主任のLUCKY STRIKEといい、煙草を吸う人はみんな楽天的なんだろうか。

「お母さんね、私がお父さんを誘惑したと思ってるの。ねえそうだったのかな、もしかして。頭を打つ前から、生まれた瞬間から私ってそういう女だったのかなあ？　だから保育園にいたときも、私のせいであの人たち離婚しちゃったのかもしれないね」

「いいかげんにしなってば。あれは偶然。アンタが若くてちょっとかわいいからばかな保護者が寄ってきて、それが必要以上に大事《おおごと》になっちゃっただけ。そういう奴は遅かれ早かれそうなったわよ。アンタはたまたま巻き込まれたの」

「でもあそこの娘さん三歳だったんだよ」

「だから？」

「忘れようとしたの、私のせいじゃないって。でも無理だった。お母さんはね、ずっとわかってたんだって。私がそういう子だって。あの人だってそう思ってたに決まってる。だから娘が出来たとたんによそよそしくなって離れてっちゃったんだ。私に、家庭をぶっ壊されると思ったから」

「そんなの、既婚のくせに手ぇ出してきた時点でそっちの責任よ」

「私がいなくてもどうせそうなったなら、私がいなくても誰も困らないよね」

「恵那！」

苛立たしげに、節の膨れた長い指がポケット灰皿に灰を落とした。落としつづけた。一息つくために煙草を出したんだろうけど、口をつけるのもままならないうちにどんどん燃えていく。税金もばかにならないのにもったいないことだ。

「メリッサだって、短大のときのコンパで私の代わりに卵ぶちまけてくれたのって、要は私がかわいそうだと思ったからでしょ。無理やりやられたことがあるんだろうな、かわいそうだなって。そんなこと私、言ってないのに」

「知るわけないでしょ。興味もないし。ただ、触られるの嫌がったから無理やりやられたっていう単純な決めつけと、それを平気で口にできる阿呆ぶりに腹が立ったの」

「嘘つき」

「ああもういつまで言わせんの？　どっちにしろ恵那を汚いなんて思ってない！」

「汚くないと思うんだったらキスしてよ」

ふたたび、親友はぷつんと黙った。

短くなった煙草をそのまま灰皿に入れる。ぱちんと口をつぐむように蓋を閉じるその音、親指で弾いたその仕草が妙に乱暴で、中性的なルックスに見合わず男っぽくて、こういうところに短大時代の同級生たちは惹かれたのかもしれないな、とようやく悟った。

私は笑った。

壊れてしまったみたいにいくらでも笑えた。

思えばいつだって、私はこういうふうに生きてきた。失敗してそんな自分を笑って、その繰り返し。実際に口にはしなくても、いざ誰かに訊かれたらすぐ答えるつもりでいた。

私、父親に窓から放り出されて記憶なくしたんですよ、面白くないですか? セックス恐怖症でいまだに処女なんです、変じゃないですか? 保育士だったときに保護者に惚れられちゃって、その人おかしくなっちゃって、そのせいで私が担任だった子の親が離婚したんです、すごくないですか? しばらくキャバクラで働いてたんですけど、客に触られるたびにトイレで吐いてたら八キロ痩せちゃったからばっくれたんですよ、笑えませんか? 母親にまで父親を誘惑したんじゃないかって疑われてたんです、そんな奴なかなかいませんよね?

ようやく心を許せる相手ができたと思ったら既婚者で、それでもいいと思ってたんですけど、子どもが産まれたの隠されてて、しかもそのことにまったく気づかなかったんですよ。心を許してたのは私だけだったんです。超面白くないですか?

メリッサ――「林くん」はきつく眉根を寄せ、煙の残る口から深く息を吐いた。

「恵那」

「いいじゃん、欧米だったら挨拶代わりでしょ、キスなんて」

「そういう問題じゃないでしょう」

さすがだ。この人にわからないことなんてない。

そう、そういう問題じゃない。私が求めているのはそんなものじゃなかった。

どうか壊して。

立ち直れないくらいに、罰して。

「できないんだ？　国が変われば友達同士でもやってるようなことが、私相手だと駄目なんだ」

「恵那アンタそろそろマジで怒るよ」

「やっぱり無理だよね。ごめんね。でもひとつだけ言わせてよ。録画のサッカー中継だって、見られないよりマシじゃない。私には最初っからそんな権利ないんだよ。だけどしょうがないのかな、それも？　自分の入れてふたつも人の家をぶっ壊したような、やっと好きになれる相手ができたと思ったらそれが不倫だったような女だもんね。まともな愛情なんて、誰、からも、」

声が大きく震えた。精一杯冗談めかした調子でまくし立てていたはずなのに、いつのまにかそれはいまにも泣きそうに聞こえるくらい高く掠れていた。

嗚咽を堪えるように、私は両手で口元を覆った。

ポケット灰皿をしまった藍色のコートが、マフラーと一緒にコンロの上に放られた。それからふいに腕を摑まれ、部屋の中に引きずり込まれた。

音を立てて、背中が壁にぶつかった。右手で手首を握られ、左手で肩を押さえつけられ、無表情になった顔があっというまに近づいてきた。

そのまま乱暴に唇が重なった。事故みたいだった。

私は目を開けて、それを受け容れた。どうということはなかった。恋人以外とするキスなんて、なんの味もしなかった。ああ、こんなものか、と思ったとき、唇の隙間から湿ったものが押し入ってきた。

一瞬、なんだろうこれ、なんて間抜けな疑問を抱いてしまったけど、すぐに舌だとわかった。そんな単純な事実にすら気づかないくらい、率直に言えば意外だった。呆気に取られているうちに、喉の奥まで踏み荒らすようにそれが挿し込まれた。咳き込んだり息苦しくなったりはしなかったから、男のキスとしては上手なほうだったんだろう。

恋人のものとまるで違った。彼が吸ったばかりの希望という名の煙草の匂いで、口の中がいっぱいになった。ほかにはなにも感じなかった。気持ち悪くもなかった。壊してほしいなんて願うまでもなく、とっくに壊れていたのかもしれない。

やがてそれが濡れた感触とともに口から抜け、わずかに顔のあいだに隙間ができた。溜息をついた次の瞬間、掴まれていた右手が強く引かれて、平衡感覚がなくなった。

気づいたら天井を見ていた。背中の下に痛みを感じない程度にはやわらかい質感があって、生ぬるく残った自分の体温から、さっき林くんが敷き直した布団の上なのだとわかった。

起き上がる間もなく、林くんが上にのしかかってきた。自分の手と足で器用に体重を掛けて私の動きを封じ、ほとんど冷徹なまでの真顔でこちらを見下ろす様は、見知らぬ男の人みたいだった。機関銃のようにおしゃべりで、甘いものと度数の高い酒が好きで、大きな瞳を付け睫毛で縁取り、縦ロールと前髪で顔の陰影を巧みに操作している「メリッサ」と、同一人物とは思えなかった。

なにも言えなかった。そこまで頼んでないんだけどな、と思いながらも、どこかでここまで望んでいたような気もした。

もう一度私の口の中に舌を入れながら、林くんは私の上半身を愛撫しはじめた。ああそうだ、この人は初めて会ったとき、とても手の大きい、男の人だったのだ。幼いころから全身を無理やり締めつけて、そこだけが野放図に育った獣みたいなその手が、私の薄い部屋着越しに放埒に這い回った。それが直接肌に触れ、裾から挿し入れられたとたん、

「……や、」

私は、唇を嚙んで声を押し殺した。

でも聞こえてはいたらしい。彼が唇を離し、顔を上げて私と目を合わせた。

「いまさら、なに？」

全身に寒気が走った。

だけど、そのとおりだ、とも思っていた。

彼はいつだって正しい。頼んだのは私だ。こんな身体ひとつ、いまさらなんだっていうんだろう。行きずりの男に与えてしまうより、たったひとりの親友に任せたほうがはるかにいいに決まっている。

私は目を閉じた。息を吸ったり吐いたりしながら、数を数えて動悸を鎮めようとした。だけど、寒気はなかなか止まってくれなかった。動きはあくまでも穏やかなのに、だからこそ、決して逃さないように絡め取られている両脚が、あちこちを撫で回す手が、そしてなにより、

「――いや、だ」

耐えていたけど、また声が出てしまった。

だけど、やめてはもらえなかった。乱暴に、普通の女だったら屈辱的なくらい雑に上体を起こされて、羽織っていたパーカーを脱がされキャミソールをまくり上げられた。屈辱は感じなかった。ただ、震えが止まらなかった。寒さのせいだろうと思おうとしたけど、もっと内側から背筋を走るそれを、しだいに無視できなくなっていった。

「ごめ、」

私の唇を、大きな手が顔ごと覆わんばかりにふさいだ。窒息しそうだった。

その隙間からかろうじて、うわごとみたいに頼んだ。

「ごめ、なさ、――やめて、もう」

舌打ちとともに、顔が離された。

そして、彼の両手が私の首に絡みついた。

痛みは感じなかったので本気でやっているわけではないとわかったけど、それでも、じわじわと絞め上げられて言葉が途切れた。目尻に滲んだ涙が拭き取れず横に流れた。抵抗することも思いつかないまま、私はすぐに、声にならない短い喘ぎを漏らすだけになった。

私が黙ったのを見て林くんはふたたび、仕切り直しと言わんばかりに、首を絞める前とまったく同じ位置から動きを再開した。

そうして空いた手を、私のショートパンツの下から挿し入れてきた。

太腿の付け根に熱を感じた瞬間、それは私の中ではっきりと言葉になった。

「お願い、ごめんなさい、やめてください」

だけど、声にはならなかった。

とめどなく涙が溢れては、横に伝って落ちていった。

恋人に嘘をつかれていたと知っても、情事を目撃しても、母親に罵倒されても泣かなかったのに、私はここに至って自分の、このろくでもない身体のために怯えていた。

「やだ」

押さえつけられた肩の力が、両脚の力が、ぐっと強くなった。

全身がベッドマットに沈んだ。

大きな手が、私の下着ごと服を引きずり下ろそうとした。

怖い。

私は、

「いやだ」

どうしてこんなことをしているんだろう。

「――いやだあっ！」

叫んだ声は、自分のものとは思えないぐらいひび割れていた。

裏返って、うわずって、声帯が潰れてしまったんじゃないかと疑った。滑稽なほどだったけど、私はもう笑うことができなかった。無我夢中で上体を跳ね起こし、腕を振り回し、自分にのしかかっているものを、それが親友の身体だなんてことすら考えずに払いのけた。ほとんど、ベッドから突き落とすように。

その生々しい手触りにぎょっとする間もなく、布団で自分の全身を庇った。

息が足りないところに絶叫した喉が、自動的に酸素を求める。

身を折って咳き込みながらも、愕然としていた。もしここが高層ビルの屋上かなにかで、落ちたら彼が死んでしまうとしても、私は躊躇なく突き飛ばしただろう。

その親友は、涙ぐんで無様に咳を続ける私を、床に座り込んだまましばらく眺めていた。

それから、視界の端でおもむろに立ち上がった。

私は傍目にもはっきりとわかるほど、びくんと震えて布団をますます強く自分に巻きつけた。

林くんはしばらくの間、黙って立ち尽くしていた。

そして私の呼吸が落ち着きはじめたころ、溜息をついて、開けっぱなしだったドアのほうへと向かった。そこに脱ぎ捨てていたコートを取り上げ、ゆっくりと着て、マフラーを巻いて首元を隠した。私に背を向けて、顔を見せないままで。

「面接の話」

淡々とした言葉の意味が頭に入ってくるまでに、少し時間が掛かった。

「とりあえずなしにしてもらうように、頼んどく」

抑揚のない声だった。

私は冷静になればなるほど、血の気が引いていく心地がした。

自分がとんでもないことをしたとようやく悟っていた。

「ごめん」

「体裁とか気にしないでいいよ。心配されるほど下手な仕事してない」

「ごめんね」

「とりあえず死ななければなんでもいいから」

「ごめんなさい」

「帰るね、終電あるし。なくても帰るけど」

「お願い、行かないで」

私はその背中にすがりつきたかった。どんなときでも近くにいてくれた親友を、最低のやり方で傷つけてしまった。薄っぺらい謝罪の言葉をつぶやけばつぶやくほど、手を伸ばせば伸ばすほど、目に見えている距離がどんどん開いていくようだった。

「鍵掛けなさいよ。本当に無防備なんだから。人さらいが来ても知らないよ」

「ごめんなさい、置いて行かないで」

「寒いんだからさ、ちゃんと湯船に浸かってもっと着込まないと風邪引くよ。まあ、もう手遅れかもしれないけど」

「ねえこっち向いてってば！」

ひとりにしないで。置いていかないで。

お願いだからそばにいて。

メリッサはようやく振り向いた。

その目はびっくりするほどうつろで、頬は骨っぽく、こけていた。ノーメイクであることを差し引いても、いつもあんなに綺麗に装っている人とは信じられないくらいだった。

「今度同じことさせたら」

獣が唸るような、男の口調だった。

私を近づけないための、精一杯の抵抗に思えた。

「殺してやるから——絶対」

その静かな声の中に燃えているものに、私は動けなかった。

彼はまごうことなく本気で、だからこそ、私を遠ざけようとしているのだとわかった。初めて私のためじゃなく自分のために怒っているくせに、それでもやっぱり私のことを思っているのだ。賢くて強いくせに愚かでやさしい、私の親友。

私は凍りついたように座り込んでいた。

メリッサは前を向き直し、扉をぱたんと軽く閉めた。

じっと静止していた私には、メリッサの立てる音がよく聞こえた。短い足音。靴を履く音。それから玄関のドアが開き、やはり軽い、普通の力加減で閉じる。

その直後、くぐもってどこか遠く、ぼうん、と対岸の爆発のような音が聞こえた。

私は身をすくませた。その正体がなにか、理解するのは簡単だった。昔からずっと、こういう怒りの発散方法には慣れていた。

だけどしだいに、いままでのそれとの違いに胸が苦しくなった。

メリッサ。ばかなやつだ。怒り心頭で、壁を殴るか蹴るかして発散せずには収まらないくらい傷つけられたこんなときまで、私を気遣うのだ。大きな音が苦手ですぐに怯える私を。自分自身が築き上げた「メリッサ」を踏みにじった張本人である、この私を。

酸素が来ないせいで涙腺がばかになったのか、涙が出て止まらなかった。手の甲で拭っても拭ってもどんどん溢れてきた。一定のスピードで流れつづけて、咳き込んでいたのがしだいにしゃくり上げる音になって嗚咽になって、ついに私は布団に顔を埋めながら、声を殺して泣き出した。

この気持ちはメリッサを男の格好で私の元に来させ、挙句に夜の街に放り出したことへの罪悪感かもしれない。後悔かもしれない。喉を掻きむしりたいほどの自己嫌悪かもしれないし、それでも助かったことへの安堵かもしれない。

だけどもう、なんでもよかった。

ここに泣いている私がいて、泣き終わったら見える景色があって、それは泣きはじめる前となにひとつ変わらなくて、私はどんなに自分が最低でもそこに存在しつづけなくてはいけなくて、恥ずかしいとか申し訳ないとか、そんなつまらない理由で簡単に投げやりにしたり、いなくなったりしてはいけなかった。

めりっさぁ、ごめんなさい。

叫びたかったけど、きっとそんなのが聞こえたらますます機嫌を悪くされるんだろうな、とわかってもいた。

その晩初めて、泣き疲れて眠るという感覚を知った。

べつに悪くはなかったけど、それで気分が晴れるわけでもなかった。

恋人に電話をする機会は限られていた。普通、愛人ってそういうものだと思う。

「いつ電話してくれてもかまわないよ」

そう言われても、私は頑なに、誰かがそばにいないことが確実な時間帯か、いたとしても理由が用意できるときにしか掛けなかった。それが責任の取り方というものだと信じていた。だから絶対に、いま大丈夫、とか、ひとりですか、とか、そんなつまらない確認はしなかった。

ただ、通話履歴だけは削除しなかった。

ほかになんの痕跡も残らない、私たちはそういう関係だったのだ。

その番号に掛けたとき、流れるのは通常の呼出音ではなかった。やわらかいオルゴール音で輪郭をぼかされた、すべてを許すような、美しい旋律。私はそれが聞こえてくると、たとえどんな場所にいても、かならず目を閉じて耳を澄ますのだった。

まだ出会ったばかりのころ、私もこの曲が好きだと言ったら、あの人は嬉しそうに「奇遇ですね」と笑った。

――いま、私は眠りの中でそれを聞いている。

浅い睡眠と覚醒を繰り返し、何度目かでようやく意識の底にあったあの人の夢を見つけた。深い眠りに沈み込み、やがて水中に押さえつけていたものが反動で浮き上がるように、急激に意識が浮上しだした。

その最中、必死でまた潜ろうと抵抗していたら、あの曲が聞こえたのだ。

私は反射的に、そちらに向かってもがきながら手を伸ばした。

後ろ頭を乱暴に摑んで掻き出すように、別の階層に引き上げられた。

そしてふっと目を開けた。

明かりをつけっぱなしの部屋で、私は、布団を身体に巻きつけて眠っていた。

ゆっくりと二、三度まばたきしたら、それだけで眠気は弾け飛んでしまった。しばらく視覚以外はぼんやりしていたけれど、やがて耳が働きはじめて、響いてくる音を捉えた。かなり流暢になった、遠くから流れてくるピアノの演奏。まだまだ抑揚には乏しいけれど、どうにかつっかえずに進んでいく和音の流れ。

主よ、人の望みの喜びよ。

あの人が呼出音にしていた曲だった。

同じ旋律の繰り返しだから、時間が経つというより、ずっと巡っているような心地がした。いくらでも待っていられそうだった。だけど演奏は、いつもさほど長くは続かなかった。あの人は、かならず出たから。

——だけどそれは、私が、あの人が出られるときにしか掛けなかったからだ。

布団からはみ出した爪先は冷えていた。寝返りを打つと閉めっぱなしのカーテンの下から覗く深い色が、いまは夜だと教えてくれた。その、電灯があってもコンビニがあっても関係ない、圧倒的な暗さの中で、かすかな光のようにそれが循環する。たった数週間でずいぶん上達した、ピアノの音。

旋律は終わらない。

終わらない。

私はそれを聞いていた。蛍光灯をつけたままの、精神病院みたいに白く明るい部屋の中で。

目だけを動かすと、メリッサが片付けた床で、ぽつんとそこだけ切り取ったように私の携帯電話が鈍い光を反射していた。

「別れた相手の連絡先って絶対削除するなあ。だって保存しておいてもいいことないじゃない？　寂しいときにうっかり電話しちゃったら惨めだもん」

そう私に言ったのは、短大時代の友達だ。

「林くん」の付き合っていた子だった。彼女は卒業してすぐに、外資系企業に勤務する初婚の男と結婚した。いまは港区だか品川区だかで専業主婦をしている。結婚式には「林くん」と一緒に二次会から招待された。私は行かなかったけど彼は出席したらしい。

私はベッドから降りて、携帯電話を拾った。

まだ充電は切れていなかったけど、電池のマークは赤くなっていた。部屋の隅、コンセントに挿しっぱなしの充電器にそれを接続する。コードを伸ばせるだけ伸ばして台所に行き、流しの前に座った。フローリングの床は冷たくて、ずいぶん長い時間をそこで過ごしたはずなのに、もう私の気配なんて少しも残っていないように思えた。

誰に見られても困らない形で登録してある、十一桁の数字。

それを選択して、私は携帯電話を耳に当てた。

表示されていた時刻は深夜とは言えないまでも、小さな子どものいる家庭なら寝ていてもおかしくない時間帯だった。だから電源を切っているかもしれないと思った。冷たい電子音声のアナウンスに拒絶されることを、なかば期待してさえいた。

一瞬だけ間が空いて、あのメロディが流れ出した。

右耳で呼出音を、左耳で見知らぬ人のピアノの音を聴く。ステレオ再生みたいだった。まったく違う場所で、違う次元で演奏されている同じ曲が、連弾のように私の脳内を巡った。あのころのように、いつまでも待てそうだった。

だけど、右耳のほうの旋律がふいに途切れた。留守番電話、かもしれない。録音された返答に勢い込んで話しかけるような、惨めな真似はしたくない。そう考えて、息を詰める。

「――はい」

声は、意外とあっさりと聞こえた。

狂おしく懐かしい、去ってしまった私の恋人の声だった。

「久しぶり。元気だった？」

あくまでも明るく、無邪気な口調だった。

私はほかに握るものもなくて、自分の服の裾を身を護るように引っ張る。

「ご無沙汰してます。家にいるんですか？」

「うん、そうだけど」

「幸せですね、居場所があって」

少し間があった。ただ、それは気まずそうとか戸惑ったとかいう感じではなくて、あくまでも休符のように自然だった。思えばいつだってそうだった。こちらがどんな態度に出ても、この人は決して心からは動揺しない。

「……あらためまして、おめでとうございます」

精一杯の皮肉を込めた台詞に、ありがと、とあっさり返された。あきらかに最後の「う」を発音していないとわかる、さばさばとした響き。知っていた。本来、こういう人なんだ。

「どうかした？」

「いま、大丈夫ですか？」

「うん、少しなら」

「亮子さん」

私は恋人の名前を呼んだ。呼びながら、流しの下の扉を開けた。

あの人はいつもどおり、穏やかに答えた。後ろ暗いことなんかないみたいに。

「なに？」

「うちで漬けてった梅酒、あるじゃないですか。あれ、いますぐ取りに来てください。それか宝田さんと離婚してください」

私の部屋そのものみたいにがらんどうの空間で、琥珀色の大瓶は相変わらず、妙に堂々としていた。暖房の届かない台所は冷えきっているはずなのに、どこかぬくぬくとしているように見えた。あたたかそうなそれに、だけど、手を伸ばしたくなるのを必死で堪えた。

亮子さんは笑った。小さな声だったけど、笑っていることを隠そうともしなかった。

私は、なんで笑えるんですか、と言った。自分でも驚くほど尖った声が出た。

「ばかにしてるんですか？」

「違うよ、突然で驚いただけ。あんまり急に予想外のことが起こると、びっくりして思わず笑っちゃったりしない？」

「はい、します。すごくムカつくんですね、いまわかりました。やめるように気をつけます」

「恵那ちゃん」

恋人はあっさりと、だからこそ、千年ぶりくらいの懐かしさで私の名前を呼んだ。

私は息を呑んだり、声を掠れさせたりしてしまわないように気をつけた。

「なんですか？」

「ごめんね、でも無理だよ。娘も産まれたばかりだし、しばらくはどこへも行けない」

「同じ都内だし車もタクシーもあるじゃないですか。教室だって休んでるんでしょ、それだけのことがどうしてできないんですか？　娘が産まれたばかりだから、の続きがあるんじゃないですか？　だから私に会いたくなくなったんですよね、面倒になったんですよね。どうして素直にそう言わないんですか、自分は傷つかずにいたいからですか？」

ピアノ教室を少し休もうと思う、と亮子さんが言ったのは、夏の盛りだった。暑さの勢いが増していくほどに、彼女は調子を崩していくように見えた。肌は白を通り越して青くなっていった。レッスンの最中に何度も部屋の外に出てしまう様子が目立った。だからそう打ち明けられたとき、私は驚くよりむしろ安堵していた。

――いつごろ再開しますか？

――わからない。しばらくは実家に戻るかもしれないし。雅彦のこともあるからね。

――私、なにかできることありますか？

――ありがとう。気持ちだけで嬉しいよ。

弱々しく微笑んだ亮子さんを、私は初めて自分から抱いた。

彼女は私より身長が低いから、私の肩に顔が埋まってしまった。一瞬だけふっと笑う気配がして、それから、その腕が私の背中に回された。恋人というより、大きな子どもをなだめるような手つきだった。

――ごめんね、恵那ちゃん。この曲、終わりまで弾けなかったね。

そう言って指差された譜面は、ある映画の主題歌のものだった。真夏には不似合いな、繊細な音を鳴らすクリスマスソング。その楽譜はいまでも私の部屋、本棚代わりの靴箱の中で、二度と来ない出番を待っている。自分にもっともふさわしい季節が終わったことにすら、気づかずに。

まるでかつての私みたいに。

「そういうことじゃないの」

「じゃあどういうことですか？」

「恵那ちゃん」

「そんな声出したって無駄です」

「ご実家に帰るんでしょう？　宝田から聞いたよ」

私は頬が赤らむのを感じた。

無神経に彼女の残して行った大瓶が、間抜け面を反射している。目の前にこんなにかさばるものがあって、忘れることなんかできるわけがない。私はこの人ほど、器用でも薄情でもない。

「帰れるわけないじゃないですか」

できるだけ、冷静な口調で言った。

「そんな、亮子さんみたいになんでも持ってる人と一緒にしないでください。気軽に帰れるわけないじゃないですか。男に触ることもできない、なんの取り柄もない女が田舎でどういう扱いを受けるか亮子さんにはわからない。夫がいて生活に困らなくてふたりも子どもを産んで、気が向けば女とも遊んで、そんな都合のいい人にはきっと一生わからない」

瓶の表面で、私の顔は歪んでいた。カーブに添って映る輪郭は長く引き伸ばされ、宇宙人みたいで滑稽だったけど、もう少しも面白くなくて、自分がどうもいつもと違うことを悟った。

「遊んで、っていうつもりはなかったよ」

「過去形なんですね、なんでも持ってる人にとっては。私には、あれが全部だったんです」

家庭を持って子どもを産むことなどとうてい望めない、むしろ壊してばかりの私が、ようやく見つけた好きな人のためにできること。それが、恋人の持つ家庭を守ることだった。

まさか、こんなふうに使い捨てられるなんて思ってもみなかった。

「だけど、あなたが私を捨ててまで守ろうとしてるそれって、なんなんですか？」

「質問自体が成り立ってない。そもそも私は恵那ちゃんを捨ててないよ。人が人を捨てることなんか、誰であってもできない」

その他人事みたいな口調を聞いたとき、頭のてっぺんでなにかが弾けた。

気がつくと私は、それに引きずられるように低い声を出していた。

「――自分で言っててまさか、マジでそんな世迷言信じてないよね？」

メリッサみたいな迫力が出ないのが残念だった。

あの子の剣幕は、本当に芸術品だった。不安定で美しい外見とは裏腹なドスの利いた声でまくし立てるとき、性別も常識もなにもかも超えてその様は存在として完璧だった。どれだけ見つづけても飽きなかったし溜飲が下がった。あの子はたしかに私だったし、私でいてくれた。

「要するにガキが出来たこと隠し通した挙句、面倒くさくなったけど自分は悪人になりたくないからってこっちが身を引くように踊らせてたんでしょ？　しかも後は野となれ山となれ、私が傷つこうとどうなろうと知ったこっちゃないのが見え見え」

「恵那ちゃんってば、すごい剣幕」

テルマ&ルイーズみたい、と亮子さんは少しはしゃいだ声で言った。私がテルマだとしたらルイーズはメリッサだ。この人ではない。あの子の言葉を借りれば借りるほど、なにも怖くないような気持ちになった。

「もう、物分かりのいい愛人のふりなんかしてやらない」

後先や着地点など考えなかった。飛んだ先が谷底でもかまわない気がした。

「帰らないよ。どうして私が引き下がらないといけないの？　私がどういう気持ちになるか、少しも想像しなかったんですか？　自分が男も愛せて処女でもなくて子どもも産んでるからって、そこまで人をばかにしていいんですか？　ふざけないで。いますぐ責任取ってよ」

「責任なんてそんな下品なこと」

「自分は上品なつもり？」

「わかってるんでしょ？」

涼しい声で、亮子さんは訊いた。

私は一瞬だけ詰まった。わかっていた。当たり前だった。

この人の家庭を壊したいわけでも、宝田主任と別れてほしいわけでも、後ろ指を差されながら生涯一緒にいてほしいわけでもない。ただ、こちらを向き、目を合わせ、同じだけ心を開いてほしかったのだ。そんな資格すらないというなら、せめて理由を教えてほしかった。

いや、教えてほしい、というのでもまだ足りない。

――知ったことか。ばかにするな。いいかげんにしろ。言ってみろ。

わたしのなにがわるい。

「わかりません」

「恵那ちゃん」

「だからそんな声出しても無駄だってば。知らない知らない。知ったことじゃないよ
どうして全部私のせいになるの？　いままでずっと我慢してきたの、なんのためだと思ってるの？　少しでも長くそばにいたかったからじゃない。邪魔にならないように

するためじゃない。でももう疲れた。次はそっちの番。責任取ってよ。そうでなきゃあんたが涼しい顔して守ってる生活みんなめちゃくちゃにしてやる！」

亮子さんは溜息をついた。嫌悪ではなく、聞き分けのない子どもを見守る母親の溜息だった。

「――そうね」

彼女はつぶやいた。

琥珀色の瓶の表面に映る、私の顔は相変わらずおそろしく醜かった。でも、笑った顔が綺麗かと言われればそうでもない。

「そこまで思わせたのは、私だもの。なにをされてもしょうがないわ」

「私がなにもできないと思ってる？　上等じゃないの。あんな男ひとり、殺すのは簡単なんだから。ガキふたり抱えて路頭に迷うがいいわ、それで真相を知られて死ぬまで憎まれればいい。私をばかにしたこと後悔させてやる。恨めばいい、一生私のこと忘れられなくなればいい！」

宝田主任が憎かった。

どんな過去があっても、男だというだけで、録画のサッカー中継みたいな気分にならずに女を抱けるというだけで、子どもがいて家庭があるというだけで。何回でもリセットの機会が与えられているだけのくせに、当たり前みたいに自分の居場所が正義だと信じている、信じていることにすら気づかないあの男が憎かった。

そして、それに素知らぬ顔で手を貸して、自分もさも「そちら側」の人間のようなふりをしている亮子さんも、同じくらい憎かった。

「そうなっても、恨まないよ」

亮子さんは淡々と答えた。

「できないと思ってるわけじゃないの。恵那ちゃんはなにをしてもいいんだよ。我慢する必要もなかった。言ったでしょう？　電話だっていつでもしていいって」

「離婚させる覚悟ができたら掛けてこいって？　今回だってどうせそんなノリでしょ、逮捕される覚悟があるならやってみろって。なめないでよ、やるからね私は！　実家に帰って深夜に録画のサッカー中継見るくらいなら刑務所に行ったほうがマシ」

亮子さんはまた溜息をついた。

そして彼女がなにかを言いかけたところで、不自然な間が空いた。

わずかな沈黙の後、なにかもやもやと会話している様子が伝わってきた。それから突拍子もないタイミングで、無機質な女の声が一定の速度で話しはじめた。北朝鮮とか、内閣のなんとか大臣がとか、そういう単語だけがぶつ切りに聞こえる。私が呆然としているうちに、わずかな時間流れていたそれが急激にデクレッシェンドされたみたいに消え、まったくなくなってはいないまでも、這うように落ち着いた。

ふたたび、亮子さんの息遣いが電話口から聞こえだした。

一瞬、なにが起こったかわからなかった。

それから耳が熱くなった。まさかいくら亮子さんでも、この状況でテレビをつけるとは思えない。

宝田主任だ。いま、亮子さんの向こう側には、仕事帰りであろうあの人がいるのだ。悠長にスーツの上着を脱ぐとかネクタイを外すとかしながらテレビをつけ、妻が電話しているのを見て急いでボリュームを落とす。

相手が誰かなんて、誰であってもどういう関係かなんて、きっと考えもしないで。

私はふいに、宝田主任がかわいそうになった。私と同じようになにも知らない、だけど私と違って知らないことを知る権利すら与えられていない、雨に打たれる犬のように惨めな男だと思った。夫の部下として、妻の愛人として、この夫婦の生活を垣間見ていただけの私にすら、彼がどう亮子さんに接するかなんておおよそ察しがつく。

その程度の定型しか、持たない男だということだ。

「亮子さんにとって、宝田主任ってなに?」

「なに、ってモノじゃないんですから」

亮子さんの声が少し、まあるくなった。

それが、彼女の本音をよけいに覆い隠している気がしてさらに苛立った。凶暴な猫みたいに、私はそこに爪を立てつづける。

「モノ扱いしてるのは亮子さんじゃない。かわいそうだから相手してやってる金蔓？ぬくぬく奥様するための体のいい盾？　ばかみたい、さもいいご家庭でございますって顔して一皮剝けばそんなもんなんですね。あの人だってべつに亮子さんを愛してるわけじゃないよ。トロフィーかなにかみたいに、横に置いておけば自分が上等な人間に思えるってだけ。中身なんか一個も求められてないのはお互い様」

「光栄ね」

亮子さんはまるで動じなかった。

私は、無視された気がしてますますかっとなる。一方で、どこかそら恐ろしい気もしていた。自分の夫が死んだとしても、それが私の仕業だとしても、彼女は本当に私を見ないのかもしれない。この人は、他人のことなどどうとも思わない悪魔なのかもしれない。

私は梅酒の瓶に手を掛けた。さんざん幻を見せてくれたはずのそれはいまや、つるりと内側と外側を隔てているに過ぎない。

メリッサがどうして、いくら友情のためとはいえ本当は怒ってもいないことであも義憤に駆られて赤の他人を罵倒できるのか、ずっと不思議だった。でもわかった。言葉が真実か否かなんてきっとどうでもよくて、大事なものはもっと別にあって、だけどそれをストレートに摑めるほど私もあの子も器用じゃなくて、だから、そうするしかなかったんだ。メリッサは私のために、私は、私のために怒りつづけたメリッサのために。

「私ね、宝田主任と不倫してるって職場で噂されてたの」

亮子さんは、そう、と答えた。少し笑っている声はさっきからずっとだったので、彼女が本心ではどう思っているのかまではわからなかった。

「どんな気分だった？」

「最悪」

「あら」

「宝田主任がどうこうじゃない。みんなが当たり前みたいに、男と女は結婚して子ども作るのが当然で、結婚してる男と女が近づいたら不倫で、結婚もしない父親の死に目にも遭わない娘は親不孝でなにか後ろめたいところがあって、そんな目でしか物事を見ないで、見るだけならまだしも当たり前みたいに押しつけてきて、そんな中で生きなきゃいけないのが最悪って言ってるの」

理由はいらない。言い訳も必要ない。

ただ、世紀を渡って届いた音楽のような一時の安らぎが、たとえ社会的に見てぜんぜん正しくなくても、ふたりにとっては絶対に正しい味方が欲しかったのだ。それを求めて、相手にとって自分もそうであろうとして、そうして裏切られた。相手は巨大な夜と闘うためではなく、そこに戻って笑い者にするために、私を利用していた。

「私の気持ちがわかる？　わからないでしょうね。だけど、亮子さんがやったことはただの嘘じゃない。なんの報いも受けずに亮子さんが生きてるってだけで私耐えられそうもないです、そのためだったらどんなことでもできます。二度と私を見ないならなにも見られないようにしてやる。殺してやる、いますぐそっちに行って全部ぶちまけてから、あんたの置いていったばかな大瓶で殴り殺してやるんだから！」

「もし、そうなったら」

初めて、亮子さんの声が揺れた。

果実の表面で産毛が震えるようにかすかだったけれど、たしかにいままでの薄っぺらい穏やかな笑み以外のなにかを含んだ、切実な響きだった。

そして、それはほとんどうっとりと、まあるい調子で、言った。

「泣いてくれるかしら――あの人」

私は、あることもないことも喚き立てる、機関銃のような口をつぐんだ。

亮子さんは短く甘い溜息をついた。

私の耳、この人との絆なんてとっくに絶たれてしまった、むしろもともとなかったかもしれない不安定な右耳は、そこに秘められた言葉を、まるで彼女が無防備に口に出したもののように、はっきりと聞き取った。

いま、目の前にいる「あの人」は、泣いてくれるかしら。

そうだったらいいのに。

沈黙が、ふたつの電話の間に横たわっていた。

潜められたはずのテレビの音がまた届いてくるくらい、深い沈黙だった。

この人のことを罵って、それに私がなにかを答えるのを聞いたとき、メリッサもこんな気持ちで黙っていたのかもしれない。そして、私自身もこんな声で、亮子さんへの感情を語っていたのかもしれない。

だからわかった。亮子さんの言う「あの人」とは、まっすぐ線を引くように明白に、宝田主任のことだった。幼い息子や生まれたばかりの娘については、ほんのひとかけらも匂わせなかった。

この人は宝田主任にどう思われていても、彼が死んでも平気なのではなかった。自分がどんなに愛していても、それは彼とまるで関係のないことだと考えているんだ。私の心をめちゃくちゃにして、平然と常識的でいい妻のようなあるべき場所に帰っていく亮子さんは、だけど、そうあるべきだからそうしているのではない。彼女は、たしかに夫を愛している。自分なりの、自分だけの、たったひとつのやり方で。

だから彼が望むなら、いくらでも多数派に回る。

彼が望むなら子どもを産む。望むなら子どもを愛する。

そして、彼が望むなら、たぶん、喜んで死ぬ。

死んだとき泣いてほしいという願いすら、彼女には傲慢にあたるのかもしれない。

その事実に、亮子さんという人の、私なんかよりよっぽど深い闇と激しさに、私は打ちのめされた。燃え盛る私の岸を対岸で眺めているとばかり思っていた人が、じつはもっと激しい炎を背負っていたと知ったような衝撃だった。ただ、私たちはまったく一緒じゃない。

私は、河があっても理屈をつけて飛び込まずにいた。この人は、陸にいたいから望んで飛び込まずにいる。

目の前で、瓶の中の梅がひとつ、転がり落ちてごとんと動いた。

まるで呼応したように、そのとたん、携帯電話を押し当てた右耳の向こうで、亮子さんの呼吸と宝田主任が見ているニュースの声に別の小さな音が混ざりだした。か弱くて、やわらかくて、それでいてどんなにかすかでも間違いなく鼓膜に触れてくる。

一瞬、猫かな、と思った。でも、すぐにわかった。

それは赤ん坊の泣き声だった。

「あ、」

電話越しの対岸で、なにかが動く気配がした。

がさがさと亮子さんが身じろぎする。小さく続いていたテレビの音が途切れる。次いで宝田主任のものらしい、低いつぶやきが聞こえた。それに答えて亮子さんが、ささやくように、だけど確実に、はっきりとした口調で言った。

――ねえ、この子、抱いとって。

私が初めて聞く、亮子さんの方言だった。

宝田主任がいつも折り目正しい敬語で、どんなに酔っても、職場でたまに亮子さんからの電話を受けても、一切標準語を崩さないから、てっきり彼女のほうもそうなのだと思っていた。故郷の訛りなんて、もうすっかり抜けてしまったのだろうと。だけどそんなのはもちろん、私の思い込みなのだった。

亮子さんはずっと、赤ん坊を抱いて私と電話をしていたのだ。そして泣きはじめたそれを、自分が生まれた土地の方言が残る声で、夫に差し出している。

彼女の夫が、赤ん坊の父親が、それに答え、布と布の擦れる音がした。彼がなにを言っているかは聞こえなかった。だけどたぶん、普段どおりの丁寧な標準語だろう。部屋を出て、ドアを閉め、廊下を歩いていく。それを示すように、か弱い猫のような泣き声が遠ざかっていく。

亮子さんは、溜息すらつかなかった。

ほんの一瞬間を置いただけで、すぐ、私だけに向かって穏やかな声を出した。

「ごめんね、お待たせ。──なんの話だったっけ？」

もう、言うべきことはなかった。

お礼をするのも違うし、謝るのはもっと違った。

私の恋人は、最後の義務を果たし終えたのだ。あきらめきれないくせにわかったような顔をしていた私を徹底的に打ちのめし、すべての澱を吐き出させてから、どうしようもないほどに捨てるという義務を。それは、親切すぎるほど完璧な仕事だった。

そしてそこからは、私次第だった。

私は黙って電話を切った。床に、ただの機械になったそれを放った。

そして、なにも映さなくなった梅酒の瓶にすがりついて、もう出ないと思っていた涙を少しだけ流して泣いた。枯れかかった果実からなんとか搾り出したような涙は、メリッサを傷つけたときのものとはぜんぜん違った。どこか他人事みたいで、いくら泣いても喚いても声が嗄れることも潰れることもなく、ずっとそうしていられそうだった。だけど、実際はすぐに止まってしまった。

眠りはいつも私の味方だった。

父親から逃れられなかったときも、保育園をばかげた中傷でやめたときも、夜の仕事を放り出したときも、恋人の妊娠とそれを隠されていた事実がわかったときも、母親と決裂したときも、親友を傷つけてしまったときも、眠ることで最悪の時間をやり過ごした。

一度、メリッサに叱られた。

「いくらなんでも限度ってもんがあるでしょ。アンタ童話のお姫様かなんか？」

打ちのめされたらいつもやって来ていた睡魔は、今回まったく訪れる気配がなかった。

当たり前かもしれない。私はもうじゅうぶんすぎるほど眠った。これからはひとりで目を開けて、夜を越えなくてはならない。今生の友のように梅酒の瓶を抱いたまましばらくその場に座っていたら、血の通わなくなった爪先が冷えて痺れてきた。

私は流しの下の白い空間から、琥珀色の大瓶を膝の上に引きずり出した。

そして重たい瓶を両腕で抱え、ゆっくりと、エレベーターが上昇するように立ち上がった。女ひとりで持つには重量がありすぎるそれを、無理やり肩のあたりに担ぐ。

貧血気味だったせいか少しよろけたけれど、亮子さんが平気で持ち運びしていたことを思い出して踏みとどまった。

「息子のときはこんなもんじゃなかったから」

そう言って笑っていたけど、たぶん、あの人がたくましかったのは、どんな重いものをあの細腕に抱いても笑顔でいたのは、息子や娘を抱きつづけていたからではないと思う。ましてや私みたいに、身を守りたい一心からの作り笑いでは断じてない。

メリッサがどうして私が笑うたびに怒ったのか、いまなら理解できた。

私がいつも笑っていたのは、怒られたり見下されたりする前に自分をばかにしておけば、少なくとも人から痛みを受けることはないからだ。けっきょく、誰よりも自分を憐れんでいたのは私だった。なんのレッテルにも頼らずほぼ身ひとつで生きてきたあの子にしてみれば、苛立ちもするというものだろう。

赤ん坊ほどの大きさがある瓶を持って、私は浴室に行った。

肩でスイッチを押して明かりをつける。薄い靴下越しに感じるタイルは思いのほか冷えていた。どこからか、外気と中の空気がさかんに入れ替わる、ごうんごうんという遠い音がしていた。

瓶を垂直に持ち直し、蓋を開けながらそれを聴く。もしかしたら、あの曲が演奏されていた家の近辺から、あの旋律が溶けた空気が流れ込んできているかもしれない。

そう思って、しばらく耳を澄ましていた。

それから瓶の中身を全部、長い間使っていなかった浴槽にぶちまけた。

まず、液体が勢いよく飛び散った。続いて梅の実がごろごろと転がり出た。景気の悪い集団自殺みたいだった。そのはずみで飛沫というには大きすぎる塊を、少し顔のあたりに被ってしまった。

ぴしゃっと音がして梅酒が跳ねた瞬間、ぱっと鼻先に空気が散った。それから封じ込められていたものが解放されたように、強い香りの波が一気に立ち昇ってきた。昔、高校の国語の授業で読んだ詩を思い出した。病床の妻の噛んだレモンの皮から「トパアズ色の香気」が立つ。その瞬間、正気を失っていた妻の目にぱっと意識が戻る。宝石の色なんて、ましてや香りを色で表すなんて、どんなものかはわからなかった。だけど、美しい光景だと感じた。

私の足元、蛍光灯を反射して真っ白くつるつるした未使用のバスタブを汚して、残骸のように拡がる梅酒から立ち昇るそれにも、たしかに色がある気がした。

ずっと狭い瓶の中にぎりぎりと押し留められていたそれは、深い琥珀色をしていた。美しい女をさっと正気に戻した、柑橘の芳香とは違う。むしろ脳天まで侵して正気を失わせるような、それを愉しんでいるかのような香りだった。馥郁、ってこういうことなのだろう、と思った。どんなものでもひとたび作るという行為をしてしまえば、それは作り手の人となりを表すらしい、とも。

私は首を振って酒気を払った。そうしながら、容器の奥に濡れてへばりついていた梅の実のいくつかを、腕を突っ込んで掻き出し、浴槽に落とした。

そして、壁に掛かっていたシャワーを手に取った。長い首を摑んで、出力が最大になるまでハンドルをひねった。普段は感じないカルキの匂いが、あの人の気配のようにまとわりつく甘い香りを一陣、凜々しく引き裂いた。

私は今度こそ、失ったものを正しく失い直すために、琥珀色の香りを、痛いほどの勢いで溢れ出る水で突き刺すように洗い流した。消毒剤臭い水の匂いの中に、それはたちまち、ダムの底の廃村を思わせる速さで沈んでいった。うっすらと表面を汚していた茶色の残滓もみるみる流れ去った。バスタブの底にぽつんと穿たれた排水溝は、まるで入口の奥の暗く細い喉が渇いてたまらないというように、余さず液体を吸い込んでいった。その様子は、爽快なほど気持ちよさそうだった。

水を止めたときにはもう、あの人の痕跡はすっかり残っていなかった。ただ、敗残兵たちの死体みたいに転がる梅の実から、残り香とも言えないほど濡れてひしゃげてしまった後味がわずかに漂ってくるだけだった。

台所から空のコンビニ袋を持ってきて、梅の実を拾い集めた。骨抜きのしわだらけになったそれをすべて白いビニールに入れ、口を結んで封印した。そこで我に返る。冷蔵庫の中を思わせる四角い浴室は、床に面した足の裏から肩のあたりまで震えが走るほど寒かった。

ふと思い立って、出る水の温度を四十度にした。もう一度、念のためざっと浴槽の中をシャワーで流し、それから栓をして、いままで使ったことのなかったバスタブ用の蛇口から、ぱっくりと開いたそこにお湯を溜めはじめた。

もう一度台所に向かう。手に持っていた白い袋を、冷蔵庫の脇にクリップで引っ掛けてあった燃えるゴミ用の三十リットルのポリ袋に放り込んだ。床に落ちていた携帯電話を屈んで拾い上げた。そうするとフローリングのそこらじゅうに自分の髪の毛が散らばっているのが目についたので、ついでに軽く専用のシートで拭き掃除をした。

それからいつ思いつくともなく、当然のように玄関に向かった。

靴箱の扉を開く。本来の用途で使っているのは下の二段だけで、後は本に占領されている。目当てのものは、背の高い大判の本をでたらめに突っ込んだいちばん上の段の左端、短大のロゴ入りクリアファイルに挟まっていた。A3で印刷されたものもあれば冊子もあり、すべて亮子さんに習った順番どおりに並んでいる。最後にあるのはもちろん、完奏することなく終わった、どうしても弾いてみたいとねだって楽譜を用意してもらった、あの曲だった。激しいのに冷たい、いびつなのに美しいクリスマスソング。

あらためて中身を確かめたりせず、それらをまとめてクリアファイルごとポリ袋の奥に突っ込んだ。その上に、使用済みの掃除用シートを被せた。

浴室に戻ろうとしたとき、ふと、ずっと忘れていたものを思い出した。

洗面所の収納で、積み重なったタオルの脇に隠れるように置きっぱなしにしていたのは、亮子さんの妊娠を知った新年会で岡部たちにもらった餞別だった。携帯電話とバスタオルとそれを持って洗い場に戻り、黒い紙袋とビニールの包装を破ると、中からお菓子のようなおもちゃのような、いちいちかわいらしい横文字の名前がつけられた入浴剤が三個出てきた。

私は浴槽の脇に立ったまま、しばらくお湯が溜まっていくのを観察していた。どれくらいの速度で適量になるものか、よくわからなかったのだ。思ったよりかなり速かった。最初は跳ねるように落ち着きのなかった水音がしだいにどぶどぶと質量を増していき、容器の中であたたかいまま膨らんでいく様はなかなか愉快だった。いい頃合いだろう、と思ったあたりで、蛇口から流れていたお湯を止めた。

そして、そこに入浴剤を放った。白い花を飾ったキャンディのような黄色いものがひとつ、ピンクのハート型のものがひとつ、パステルグリーンのクマのぬいぐるみを模したものがひとつ。続けざまに放り込んだらそれぞれが落下した瞬間、爆発するみたいに沈みながら音を立てて波紋を拡げた。様々な飾りや色が混ざり合って、猟奇的な泡がぼこぼこと立ち、主張の強い花や果物の香りが調和もなにもなく空間に満ちた。あっというまに、お湯の表面はとんでもないことになった。まるで、魔女の大釜で行われた悪ふざけだった。私は思わず声を出して笑った。

そうしてその阿鼻叫喚を上から見ながら、洗い場で服を脱いだ。脱いだものはすべて、開け放したドアから直接洗面所に置かれたカゴの中に投げ入れた。携帯電話だけは浴槽の縁に置いた。

　覆うもののなくなった私の身体が、曇った鏡に映っている。

　外に出ないから肌の色は白い。腰は締め上げたようにくびれている。でも、だからってそれだけで美しいわけじゃない。運動をしないから、二の腕のあたりに輪郭からはみ出たようなゆるんだ曲線が見えた。脚が細いのも筋肉がないせいだから、引き締まっているとは言えなくて棒のようだ。化粧をしていない顔は青白く、やっぱり輪郭がぼやけていた。そして、軽くひと握りしたくらいの細さの首の中央に、誰かが掻き切ってまた無理やりつなぎ合わせたような、うっすらとした横線が一本、入っていた。

　私はそれをぼんやりと眺めた。

　醜いとも、美しいとも、老けているとも、若いとも、女らしいとも、色気がないとも、なんとも見当がつかなかった。誰がどう判断しようとその人の自由だし、私の知ったことじゃない。そして、それは、私自身にとってもそうなのだった。

　その身体を、すさまじい色のお湯が満ちるバスタブの中に、私は最後の入浴剤みたいに乱暴に沈めた。

　もちろん爆発はしなかったけど、冷えきっていたところに急激に熱が回って、割れてしまうんじゃないかと思った。足の爪先から首までを異様なお湯に浸からせ、全身を伸ばすとちょうど鼻先に携帯電話があった。

私は濡れた手のまま、それを取った。

真っ暗だった液晶に、少し触ってホーム画面を灯す。電池の残量はそこそこにあった。あんな一生涯が砕け散るようなやりとりがあっても、充電は必要なだけしか消費されず、減るぶんは減って残るぶんは残るのだ。

そう思うと、やっぱり面白かったので笑った。必要なだけ。

そしてメリッサの電話番号を探り当て、呼び出しを始めた。

携帯電話を、湯気に湿った耳に押し当てる。呼出音はなんのひねりもない電子音だった。こういうとこばっかり男らしいんだもんなあ、と強がって考えながら、私はそれに耳を傾ける。

出てくれなくても、切られてもかまわなかった。

ただ、伸ばしてくれた手を、伸ばし返すことだけはしなくてはいけないと思った。ただじっとしているのも退屈なものだ。無機質な呼出音を右耳に、循環する空気の音を左耳に流しながら、私は自分の唇から、ループしつづける祈りの旋律を口ずさんでそこに重ねた。そうしながらあたたまってきた右の耳元で、音が途切れるのを待っていた。

お気に召すまま

幼いころの美波は、ベッドの下に潜り込むのが癖だった。

与えられたばかりのひとり部屋には木材フレームのシングルベッドが置かれていて、その下に中途半端な高さの隙間があった。そこを掃除しようとするたびに、母はベッドごと動かしたり、四つん這いで掃除機の先を突っ込んだりと苦労していた。そんな場所にやすやすと入れる自分の未成熟な体に美波は優越感さえ覚え、母の手を逃れた埃のかたまりや、奥まで転がった消しゴムなどを見つけてはひそかに勝ち誇っていた。

そこに逃げ込むのはだいたいふてくされていたり、なにか失敗をしたりして母になにか言われるのが目に見えているとき、ほとんどが夕食の前で、だからそのたびに、母は怒って彼女を引っ張り出そうとした。

――出てきなさい。

呼びかける声は、いつだって不機嫌だった。

美波はそれを聞きながら、攻撃に耐えるように身を固くしていた。

最初は体ごと引きずり出されてしまうこともあったが、そのうち、母の腕が届く範囲にも限りがあることを知った。その向こう側まで這ってゆき、両腕と両膝を平たい胸の下にしまって丸くなりさえすれば、母になすすべはないのだった。

しだいに、母のほうもそれに気がついてきた。いったん美波がベッドの下に入ると、しばらくはきつい声で呼びかけるものの、すぐ「勝手にしなさい」と捨て台詞を残し、大げさな足音とドアの開閉音を残して出て行くだけになった。突き放すような言葉への恐怖もないわけではなかったが、それよりも達成感が上回っていた。この瞬間さえやり過ごせば大丈夫、という気持ちもあった。すっかり痺れた体で出ていくころにはたいてい母の怒りも少しは収まっていたし、冷めきったひとりぶんの夕食が片付けられていることもなかったのだ。

当時、美波の通っていた小学校ではいろいろと独自のルールを加えた鬼ごっこが流行っていた。そしてどんな場合も、雲梯の下や花壇の前に、鬼の入れない空間を定めておくのが常だった。体力に自信のない女子へのハンデとして設けられたそのスペースは、いつしか「セーブポイント」と名づけられた。男子はなるべくそれを使わないことを誇りとしていたし、女子でも周りの目が気になってくるのでずっといることはできなかった。だが、そこがあるだけで、安心感がまるで違った。

ベッドの下は、美波が家の中で見つけたセーブポイントだった。

だからその日も、自室に近づいてくる足音が聞こえるやいなや、いつもの場所でいつもの姿勢をとり、ドアが開いた瞬間、甲羅に入る亀のようにぎゅっと体に力を入れた。

スリッパの音は、迷わず美波のいるベッドのほうへと近づいてきた。いくらここにいれば安全だとわかってはいても、かくれんぼで「美波ちゃん見っけ！」と言われる直前にも似た、嫌な動悸は治まらなかった。

落ち着くためにわざと、またた、と考えてみた。

また、お母さんが鬼になってる。

あんなに怒らなくてもいいのに。きっとここに入れないからってよけいイライラしてるんだ。いくらでも怒れ。どうせちょっと時間が経てば、お母さんの機嫌も直る。なにもかも、いつもどおりに戻るんだから。

幼心に、そう信じきっていた。

足音が止まった。母が屈んで、こちらを覗き込む気配がした。

次に来る怒号に備え、美波はプールに飛び込むときのように息を止めた。

――美波。

聞こえた声は、鬼とは程遠いものだった。

普段の母が、美波ではなく、むしろ妹の有紀に呼びかける口調と似ていた。

――美波、おいで。

五歳下の妹が生まれたあたりから、美波は母に甘えようとすると「もうお姉ちゃんなんだから」「赤ん坊じゃないのよ」と厳しい口調でたしなめられることが増えた。大人扱いといえば聞こえはいいが、体のいい厄介払いに思えて不満を覚えなかったといえば嘘になる。だからそんなふうにやさしく、穏やかに名前を呼ばれるのは、本当に久しぶりな気がした。

驚きながらも、緊張は解かなかった。甘い声でおびき出し、その後でこっぴどく怒るつもりかもしれないと想像してみた。昔話の魔女だって、最初は親切そうな顔をしているものだ。

そう考えていたとき、しゅるしゅると、なにかが擦れる音が近づいてきた。

——きょう、寒いから。

顔を伏せていた美波は一瞬、蛇が這う音かと思った。だが、すぐに気がついた。

——出ておいで。

目を逸らしたままの美波に、それでも、母の声色は静かだった。本当に魔女が芝居をしているならそろそろ化けの皮が剝がれるころなのに、そんな様子はなかった。

しばらく美波の名前を呼びつづけた後、また、しゅるしゅると蛇の音がした。

母が、セーブポイントの外側で静かに立ち上がる気配がした。いつもの捨て台詞も、聞こえよがしの溜息も、わざと立てられる激しい物音もなかった。

美波はそちらを見られなかったが、いつもと違う、なにかが違うという予感に、心臓の鼓動ばかりが大きくなった。それなのに、そこから出て行って母を引き止めることができなかった。一度抱え込んでしまった意地のかたまりは石になった美波の体を重く縛りつけ、どうあっても解放してくれないのだった。

遠ざかる母の足音からは、いつもの怒りや苛立ちはおろか、悲しみも失望も感じられなかった。耳を澄ましているはずの娘に、なにひとつ訴えてこようとはしなかった。

部屋のドアが閉まって、それっきり、音は聞こえなくなった。

意図せぬうちに、ふうっと全身に込めた力が抜けた。

その瞬間を待っていたように、絶望がどっと襲ってきた。

もうだめだ。取り返しがつかない。とんでもないことをしてしまった。

――きょう、寒いから。

言いながら母はきっと、届かないとわかっている手をこちらに伸ばしたのだ。

なのに、自分はその手を取ろうとしなかった。心配してくれた母を無視した。それだけじゃない。絶対にこの人は鬼みたいに怒る。そう、頭から決めつけていた。

たぶん母も気がついたのだ。自分の娘に、鬼だと思われていることに。

だから、呼びかけること、訴えかけることをあきらめ、なにも言わずに出て行った。

そうに違いない。

外側は微動だにしないまま、血の流れだけがどんどん速く強くなっていく気がした。母が去ったとたん呪いが解けたように力の抜けた体が憎かった。そこを這い出ることも、手足を伸ばすこともできず、美波は同じ姿勢のまま凍りついていた。本当に石になってしまえればよかったのに、と思った。石になっていたから動けなかった、お母さんのほうを見ることもできなかったんだと、いまからでも言えたなら。

私はお母さんを傷つけた。

なにをしても平気、嫌われたってかまわないと思い上がって、そして、本当に嫌われてしまった。

こんな悪い子、もう、誰も迎えに来ない。

そう確信して、美波はうずくまったまま泣いた。

鬼はおろか、大人は誰も入って来られない、ベッドの下の狭い隙間で。


ひとり暮らしをするのは初めてだった。

片付けても片付けても混沌としたままの1DKの新居に佇んでいると、引っ越しの煩雑さをなめていたことをつくづく痛感させられる。思えば前回、父に見送られて実家を出るときには、だいたいのことを業者と夫に任せておけばよかった。美波自身の出る幕はほぼなかったのだ。

「無間地獄。賽《さい》の河原で石積むのってあんな気分かなって思うよ」

荷解きの手伝いを申し出てくれた奈津実が、真顔で放った台詞に誇張はなかった。

周囲に呆れられたが、美波は夏場が引っ越し業者の繁忙期ということも知らなかった。思い立って電話したときにはどの会社も予約が取れなくなっていて、ほとんどの荷物をとりあえず宅配便で送る羽目になった。だがそれでも奈津実いわく、家具や家電をほぼ新調したことは不幸中の幸いだったらしい。新しいものの設置は業者任せにできるし、古いものの処分も考えなくていいからなのだそうだ。

「その点だけは奴に感謝するべきだね」

前に住んでいた家は、残った家財道具まで含めて引き続き、別れた夫が使っている。

「そう思わないとやってられないかもね」

自嘲気味に言うと、まあね、と笑われた。奈津実のこういうバランス感覚を美波は重宝している。これが義憤に燃える妹の有紀や、同情と共感こそ友情の本質だと信じてやまないほかの女友達だったらこうはいかない。

高校の同級生だった奈津実とは、今年で十五年の付き合いになる。明日も見えないころに知り合い、「五年来の仲だね」と笑ううちに十年が経ち、あっというまにそれだけの時間が過ぎた。数えきれないほど喧嘩もしたし、殺したいくらい嫌いになったこともあるが、そういう大きな危機はたいてい最初の三年での出来事だ。

別々の大学に入ったあたりから、それぞれの交友関係や夢や悩みが出てきた。美波は高校の英語教師として働きはじめ、奈津実は一般企業に就職したが、すぐに辞めて木工作家に転身した。その間にふたりとも何度か恋をして結婚した。奈津実の相手は最初の職場の同期。美波の相手は大学で出会った四つ上の院生で、修了後はそのまま英米文学の研究者になった。結婚式での友人代表のスピーチはお互いが担当し、ふたりとも結婚する当事者より泣きながら相手の幸せを祈った。そして、美波だけがその祈りを無駄にした。

「あとは本と書類だけだから」

「簡単に言うなあ。床に段ボールで摩天楼ができてますけど?」

「本棚の配送が遅れて。先週やっと届いたから、これまで手がつけられなくて」

「それだけの問題じゃないと思うけどね、この量だと。ベッドまで荷物で埋まってるじゃん。毎晩これ、どけて眠ってるわけ?」

「……んー、まあ」

「ほんとに全部必要?」

「とりあえず、私のっぽいものはまとめて送ったの。細かく見る余裕がなかった」

「まーね。大学入るために実家出るのとは勝手が違うか」

世に言う「何年来の親友」というものは、最初の数年で強く結びつき、その後はおのおの自分のことで精一杯になる、ほとんどがそうやって成り立っているのではないかと美波は思う。ずっとそばにいるわけではないからこそ、長く一緒にいられるのだ。おそらく奈津実との関係はすぐに四半世紀に及び、うまくいけば半世紀に至るだろう。それはありがたい反面、どこか不気味な、恐ろしいことにも感じられる。

そこまで考えてから美波は、駆けつけてくれた親友に対してすらそんな見方をする、自分のどうしようもなさに失望した。こんなふうだから離婚されるんだ、と思った。

——美波は精神病なの？

離婚の直前、夫は美波にそう訊ねた。

そう言われたのは初めてだったし、考えたこともなかったが、あらためて訊かれると否定する根拠はとくにない気がした。みんなどうやって自分の精神が病んでいないこと、健やかであることを証明するのだろう。なんとなく電話してみた心療内科は二ヶ月先までいっぱいで、実際に予約をすることはなかった。そこに行く人が欲しいのは病んでいる保証と病んでいない保証、どちらなのかと少しだけ考えた。

「そういや美波、卒業アルバムは？　久々に見たいんだけど」

とりあえずすべての段ボール箱を開封する作業にいそしんでいた奈津実が、早々に飽きたのかふいに顔を上げて言った。

「どこにやったかな。でも、ここにはないと思う」

「実家?」

「たぶん」

「たぶんってさー」

「うち、もうないし。言わなかったっけ? 帰省したら実家が知らない人の家だった件」

「……そんなヘビーな件、既出、みたいな感じで言われても初耳ですけど」

これだもんなー美波は、と呆れたように笑う奈津実は、自宅で化粧を落とすときのようにヘアバンドで髪を後ろにまとめている。いつのまにそうしたのだろう。そのさりげなさはきょう一緒にこなしたどんな作業より強く、奈津実の主婦としてのそつのなさを表している気がした。

「肝腎なことを後からぽろっと、どうでもいいみたいに言うとこあるよね、昔から」

「……そう?」

実家のことだけを指しているわけではないと、すぐにわかったが気づかないふりをした。

「で、その件だけどさ。どういう真相だったわけ?」

「ああ。まあ、娘たちが片付いたから父親が引っ越したってだけだったんだけどね。びっくりしたよ、ボストンバッグ持ってふらっと帰ったら、急に見覚えのない家にな

って て。リフォームかと思ったら知らない人の表札が出てるし、もうパニック」

捨てられたのかと思ったよ。

そう言おうとして、いまの状況では洒落にならないことを自覚してやめた。

奈津実は女子高生に戻ったようにきゃっきゃと笑い、ウケるー、と手を叩いた。

「ウケないって。おかげで吉岡って苗字を見るといまだにぎょっとするんだから」

「吉岡？」

「新しい表札が吉岡さんだったの」

「あー、微妙によくある苗字だね」

「そうなの『微妙に』が曲者なの。山本とか鈴木とか、そういうすごくよくある苗字ならまだよかったんだけど。それか逆にめったに見かけない、武者小路とか勅使河原とか。わかる？」

「いや、わからんわからん」

正直に言う奈津実に熱弁を振るう一方、そうだろうわからないだろう、とも思った。

しばらく「吉岡さん」の家の玄関先で呆然と立ち尽くした後、その場で父親に電話を掛けた。四コール目で存外あっさりと「おお美波か、どうしたぁ」とのんきな声が聞こえた瞬間、腰が砕けそうになった。

娘がふたりとも結婚したことを機に父が家を引き払い、近くのアパートでひとり暮らしを始めたことを、美波はそこでようやく知らされた。意外に整然としたその部屋で二時間ほど差し向かいになってお茶を飲んだ後、出前の鮨を食べ、これは変わっていなかった、父の古い愛車で駅まで送ってもらった。その間、ボストンバッグは一度も開けなかった。

「ま、おじさんらしくていいんじゃん?」

「またそうやって、他人事だと思ってー」

「でも現に、らしいでしょ。憎めないっていうかさ」

奈津実が最後に父に会ったのは、美波の結婚式のときだ。おそらく挨拶程度の会話しかしていない。

「どうだろうね」

うわのそらの様子を察したらしく、聡明な親友はさりげなく話題を変えてくれた。

「もう、あっちに残ってるものはないんだよね?」

「うん。夫とは、万が一私のものが残ってたら処分していいって話になってる」

「元、夫」

「……ああ。そっか、そうだね」

言いつつも、いちいち注釈をつけるほうが妙に思えた。別れた相手を「夫」と呼ぶことに抵抗はなかった。美波にとって父が、結婚しても実家を売っても「父」のままであるのと同じく自然なことだった。

夫はいま、たとえば同僚や友人たちの前で、美波をどう呼ぶのだろう。名前ではなさそうだ。元妻。前の家内。あの人。想像しようとしたがまるで見当がつかなかった。脳内の夫にどれを言わせようとしても、彼は不快そうに眉をひそめ、そんなわけないだろ、と言わんばかりに拒否をした。なるほど、と思った。たしかに、口にしたくもないというのがもっとも正解に近いかもしれない。

「ありがとう。奈津実がいてくれて、本当に助かった」

「そーんな水くさい。なにかあったら、なくてもいいけど、いつでも連絡して」

「うん」

「うちの母親もさ、心配してたよ。美波ちゃんはあんたと違って、しっかりしてるぶんだけいろいろ溜め込んじゃうタイプだからって」

美波は奈津実とまったく同じ位置にそばかすのある、彼女の母親の笑顔を思い出した。若々しく明るい人で、遊びに行くとかならず歓迎してくれたが、美波のほうは彼女が少し苦手だった。同世代の友人さながらあけっぴろげに話しかけてくるときの彼女はどことなく誇らしげで、自分が「母親らしくない」ことをステータスにしているように感じられた。たしかに悪いことではないかもしれないが、少なくとも、それは美波の理想ではなかった。

美波は、彼女になにか「溜め込んだ」そぶりを見せた覚えはない。おそらく妹や父のぶんまでお弁当を作っていたことや、そのために近所のスーパーのセール品売り場でよく顔を合わせていたことなどが影響しているのだろう。高校時代、ほんの数年の記憶が拭いがたく第三者の中に残り、いまだに自分への印象を支えている。その事実をどう受け止めればいいのか。

それとも、そんなこと、普通は考えないのか。

「ありがとう。おばさんによろしく」

二十七歳で結婚と同時に家を出た。三年半後に離婚をしたら、帰る家はなくなっていた。

いつだって、取り返しがつかないことばかりしている気がした。失敗のやり直しが簡単にきくなんて、そんな都合のいいことがあってたまるかと言わんばかりに。美波がいくら傷ついていても、自分を責めていたとしても、その程度ではとても足りない、そんなのはとても信用できないと、誰かが怒っているように。

転居と氏名変更の事務に追われる間に、八月は過ぎた。

窓にカーテンがつき、段ボール箱の上ではなくテーブルで食事をするようになり、テレビとインターネットが導入され、しだいに無間地獄から抜け出していくにつれ、煩雑な手続きの多い毎日が苦痛ではなくなってきた。書類に記入し、電話をかけ、役所に行く。やるべきことが多いほどに、それをひとりでこなすほどに、自分をきちんとした、居場所のある人間だと思い込むことができる気がした。夏休みが明け、決まった時刻に出勤する生活に戻ってからは、なおさらその感覚が強まった。

放課後、ひとり英語準備室で小テストの採点をしていると、背後で引き戸が静かに開く音が聞こえ、生真面目そうな女子の声がした。

「失礼します。羽田《はだ》先生、いらっしゃいますか？」

「はい」

振り向きながら、何食わぬ顔で立ち上がった。

勤務している高校では、ずっと旧姓使用だった。だから誰もが、美波を変わらず「羽田先生」か「先生」と呼ぶ。仕事中はつねに指輪を外していたので、生徒たちは離婚に気づくきっかけもない。同僚は知っているが、三年生の大学受験や秋の行事の準備で忙しく深入りはしてこない。むろん、気を遣ってくれてもいるのだろう。

羽田美波から戸田美波、そしてまた、羽田美波。

重大に感じられていたその変化を、どっちでもいいな、と初めて思ったのは、結婚後に一度書き換えた教員免許を、旧姓に戻す手続きをしているときだった。

発行元の教育委員会に提出する「教育職員免許状書き換え申請書」には、変更前の氏名と変更後のそれを記入する欄があった。二箇所を埋めた後ふと、他人、つまり書類を確認する担当職員の目線になり、その上で眺めてみたら、同じ筆跡で記入されたふたつの名前には驚くほど印象の差がなかった。美波自身ですら、一瞬どちらがいまの名前かわからなくなったほどだ。

こんなどうでもいい二度手間もないな。

そう思うと、申し訳ないようないたたまれないような気持ちになった。教員免許状の苗字変更は、とくに法的な義務ではない。結婚した際に手続きを勧めてきたのは夫だった。そういうことは、最初に手間を惜しまずまとめてやったほうがいいよ。当然のように言われて、やらずに済むならやらなくてもいいや、という本音は喉の奥深くまで飲み込まれた。

「きょうの部活なんですけど」

「うん、いま部室の鍵出すから」

「あ、そうじゃなくて。すみません、ちょっとお休みします」

入口のあたりに立ったまま、中島文乃《なかじまあやの》は言った。

二年生の彼女は、美波が顧問を務める英語弁論部で次の部長になることが決まっている。比較的おとなしい生徒が多い共学の進学校だが、なぜか英語弁論部には例年女子、それも派手でマイペースなタイプばかりが集まるので部長選びは毎回難航する。

その点、今年は文乃がいてくれて幸運だった。成績は優秀、英語を活かした進路を志しているので部活動にも熱心だが、いわゆる熱血やガリ勉というタイプではないので同級生受けもいい。わかりやすくリーダーシップをとる性格ではないが、空気を読んでさりげなく場を動かす協調性をこの年齢で持つことは、じつはただ目立つことよりも難しい。

「具合でも悪いの？」

「いえ、そういうわけじゃないんです」

そう言いながらも、ふっくらした頬の血色はあまりよくない気がした。黒縁眼鏡の奥のつぶらな目は、美波をまっすぐ見ているようでいて、微妙に焦点が合っていない。

「鍵当番は別の子に頼んでおいたので、よろしくお願いします」

「わかりました。気をつけて帰ってね」

ありがとうございます、と深く頭を下げて、文乃はふたたび静かに引き戸を閉めた。部活の欠席連絡などわざわざしてくる生徒はほとんどいない。律儀なことだ、と思った。机に向き直ってしばらく作業を続けていると、ややあって、今度は引き戸が壊れそうなほど勢いよく開いた。

「失礼しまーす。先生いますかー？」

「はーい」

「弁論部でーす。部室の鍵、開けたいんですけど」

「はい、ご苦労様。扉は静かに開けてねー、取れちゃうから」

「ひどーい。そんな怪力じゃないし！」

にぎやかに入ってきたのは、文乃と同級生の女の子だった。脱色なのかカラーリングなのか、目に見えて髪の色が茶色くなっている。夏休み明けの生徒にはよくあることなので、美波もほかの教師もたいていはいちいち指摘しない。

「きょうはなにをするの？」

「ロザリンドにみんなで手紙を書きます」

ロザリンドは一学期中に退職してイギリスに帰国した、美波より三歳下のＡＬＴだ。ロージーと呼んで、親しい人はみんなそう呼びます、と折に触れて生徒にも同僚にも言っていたが、けっきょく、実際にそう呼ぶ者は美波も含めてほぼいなかった。

「そう、いいんじゃない。メールより直筆のほうが喜ぶだろうし」

「添削されて返ってきたらどうしましょ」

「まさか……って言いたいけど、やりかねないかも」

実際のところ英語弁論部は、年に一度、冬休みに行われるディベート大会への参加以外に弁論らしきことはとりたててしない。後は洋画を英語字幕で見たり、イースターやハロウィンやクリスマスを現地式に祝ったり、授業の予習をしたり、あるいは単に雑談したりと自由に時間を費やしている。あわただしくなるのはディベート大会と文化祭の直前くらいだ。

「先生、書き終わったらチェックしてください」

「了解。……あ、ねえ」

去りかけた生徒を呼び止めたとき、ふと美波はロザリンドの帰国理由を思い出した。

「今年の文化祭、なにやるんだっけ」

触ると色が移りそうな茶髪を揺らしながら、彼女は屈託なく答えた。

「朗読劇ですよ。『お気に召すまま』。本番を録画してロザリンドにも見せようって話になったじゃないですか、夏休み前に」

「……そうだったね」

美波が離婚届を提出したのは、五月の下旬だった。

そのあわただしい時期と重なるようにロザリンドはみずからの妊娠を発表し、遠距離恋愛だったという相手と結婚して故郷で出産するために急遽帰国した。彼女はイギリス人らしくシェイクスピアの愛読者で、『お気に召すまま』はとくに気に入りの戯曲だった。性別や身分の境目を自由に行き来しつつ展開される恋愛喜劇。結婚式で迎える大団円。ヒロインの名は、本人と同じく、ロザリンド。

今年度に入ったばかりのころ、たまたまこの英語準備室で、彼女とシェイクスピアの話をした。ロザリンドは天真爛漫に笑いながら、その戯曲について臆面もなくこう断言した。

「私のためにあるようなお話だと思わない?」

美波は反応に困って苦笑した。たとえ冗談だとしても、自分には四百年の歴史を持つ高名な物語を「私のためにある」などと言い切ることはできない、と思った。

「ミーナは最近元気がないね。忙しいの? 家族と過ごす時間はちゃんと取ってい る?」

単に発音しづらかったのか親愛の表れだったのか、ロザリンドはいつも、美波のことをミーナと呼んだ。そう呼ばれるのはあまり好きではなかったが、一度やんわりとそう伝えたところ、明るい灰色の目で不思議そうに凝視された。

「なぜ? 私はミーナっていいと思うわ、あなたはどうしてそう思わないの?」

ロザリンドの意見は完全なる感情論なのに、美波のほうは「なんとなく」とか「自分でもわからない」とか、そういう曖昧な答えではとても満足してもらえそうになかった。かといって「仕事仲間にあだ名で呼ばれるのは、距離が近すぎる気がして苦手なの」と正直に伝える勇気もなかった。まっすぐな眼差しと対面していると、自分が間違った、少なくともひねくれた人間にしか思えなくなった。

気を取り直してもっともらしい口調で「劇の練習はちゃんとやってる?」と訊くと、

女子生徒は少し首をすくめた。

「きょう、文乃が休みなんですよ」

「……ああ」

文乃は次期部長と同時に、朗読劇の主役を務めることも決定している。それでわざわざ言いに来たのか、と納得した。それにしても、律儀には変わりない。

「めずらしいね、中島さんが休むなんて」

「んー。なんか、家がいろいろ大変みたいでぇ」

それまでいちおうは教師向けの体裁を保っていた口調が、急に甘ったれて崩れた。まだ美波が新米だったころ、女の子たちがよくこんなふうに、おざなりな敬語さえ使わずに語尾を伸ばして話しかけてきたことを久々に思い出す。含みのある上目遣いは、先を聞きたいでしょ、と同世代の友人に対するように暗に訴えてきていた。

「家が」

「親が揉めてるらしくてー。離婚するかもって、噂で」

リコンという言葉を、彼女は軽い食感のお菓子のように口にした。

特段、文乃に悪意がある調子ではなかった。そう、と平静を装って答えながら、みんな離婚していくなあ、と他人事のように思った。そんなもんだよなあ。あきらかに話を続ける気のない様子を見て、対面で唇が少し尖ったことには見て見ぬふりをした。

「ご苦労様。もう行きなさい」

「はあい」

子どもを持ったまま離婚するというのは、どんな気分がするものだろう。

そんなふうに思いながら、美波は開け放たれた引き戸越しに、走り去っていく夏服の背中をぼんやりと見送った。しばらくそうしていたが、廊下の向こうで危うく揺れるスカートの裾に気づいてはっと我に返る。

「開けたら閉める！　あと、廊下は走らないの！」

前者は無視されたが後者は届いたらしい。遠くのほうでかろうじて彼女が歩をゆるめたのを見届けてから、美波は自分で戸を閉めた。

英語準備室には教師用のデスクが窓際にふたつ、たまに生徒が遊びに来て溜まり場にする長机がひとつと、それを囲んでパイプ椅子がいくつか置いてある。ロッカーにはコーヒーメーカーと、受験生用の大袋入りキットカットがしまわれている。

ロザリンドがいなくなってから、美波はこの場所を独占できるようになった。二学期に赴任する予定だった新しいＡＬＴはまだ手配がつかないらしい。来たら例年どおり、美波がここで相手をすることになるのだろう。孤独な時間は束の間の贅沢だ。

そう思ってから、帰ったらどうせひとりなのになあ、と笑った。

本棚に入りきらず長机まで占拠している辞書や教科書や英字新聞の山の中に、原書版の『お気に召すまま』を見つけた。手持ち無沙汰にぱらぱらめくっていると、少し開いた窓から野球部の掛け声と、ブラスバンド部がチューニングを合わせる音が流れ込んできた。

いくつか事務仕事を済ませて帰り支度をするころには、晩夏のまだ長い日も落ちていた。節電のために明かりを落とした廊下を歩いていると、ふいに後ろから呼び止められた。

「羽田先生」

平均的な男性の声を思いきり握り潰したら、こんな響きになるのかもしれない。口角筋をなんとか上げて振り向くと、まるで美波のほうが急に呼んだのだと言わんばかりに不機嫌そうな早足で、見慣れた大柄なシルエットが近づいてきた。

「お疲れ様です、不破先生」

「中島のことなんですが、最近、部活動中の様子はどうですか」

美波の挨拶を無視し、二年の学年主任は性急に言った。ニコチン臭を消すためのブレスケアの匂いが漂ってきて、美波はなるべく息を吸わないようにしつつ答える。

「中島さんですか」

文乃のクラスは不破が担任をしている。四月の放課後、英語準備室で彼女が別のクラスになった同級生に「最悪だよ」と力なく寄りかかっていたのを思い出した。英語弁論部の生徒はよく、美波の前で堂々とほかの教師の悪口を言う。だが文乃に関してはめずらしいことだったので、そのときは仕事に集中するふりをして黙認した。

「変わりなく頑張っていますよ。きょうは、用事があったようで休みでしたけど」

差し障りなく答えても、相手の眉間のしわは解けない。これは遅くなるぞ、と内心ひそかに辟易する。

職員会議や全校集会のたび「教師生活三十年を経て切に思うに」と長口上を振るう彼は、その都度、陰で同僚たちから煙たがられている。生徒はもっと手厳しく、若いぶんだけ残酷だ。

「生徒のためを思ってますアピールしてるつもりだろうけどさ、それだったら伝え方もっと考えそうなもんじゃん。相手が泣いてんのに立たせっぱなしで、みんなの前で授業時間潰してまで説教とかありえなくない？　生徒のためを思ってます、カッコそんな自分が大好きです、感全開。バレバレだっつーの」

いつだったかは忘れたが、やはり英語準備室で、文乃とは別の弁論部の生徒が美波を後日《しりめ》にこう言った。おそらく、泣かされた生徒というのが友人だったのだろう。

さすがに振り向いてたしなめながらも、美波は不破の人生に思いを馳せずにはいられなかった。もう五十代なかばの彼はおそらく定年退職まで周囲にどう見られているか気がつかず、自分自身の正義を信じて教員生活を終えるのだろう。想像するとぞっとした。冗談じゃない、裸の王様なんて虫唾が走る、とそのときは思った。

だがいまは、羨望とはいわないまでも、そう悪いことでもないかもしれないと考えている。いつまでも誰からも指摘されないまま、確信を持って理想の自画像を保ちつづける。それは強固な砦に守られることにも似た、一種の幸福の形かもしれないと。

「最近、授業中に居眠りしていることが多いそうでして」

「中島さんが」

「やはり意外ですか」

形式的にうなずきはしたが、実際には育ちざかりの高校生が多少居眠りをしたところで驚く気はしない。不破は逐一傍点がつきそうな、粘りけのある口調で続けた。

「彼女はいま、難しい時期だとも聞いています。ご存じかもしれませんが」

「……はあ」

「デリケートな年頃の上、真面目な生徒ですから悩みも多いのではないかと。本人だけではなく周囲からも、なにかお聞き及びではありませんか。ましてや先生は、彼女の部活の顧問でもありますし」

痰の絡んだ咳をしながら発される「デリケートな年頃」という台詞を聞いたとき、なぜか肌寒いような心地がした。単に生徒の異変を心配しているのだと考えようとしても、難しい時期、本人だけではなく周囲から、などという一見それらしい言葉の端々に混じる妙な含みが、素直にそう信じることをためらわせた。

リコンするかも。

ついさっき聞いた言葉を頭の隅に追いやり、美波は努めてなにげなく答えた。

「いえ、とくになにも」

「そうですか」

不破はたちまち失望の表情になり、聞こえよがしに「羽田先生になら中島も相談しやすいかと思ったんですがね。私ども、ほかの教師には言えないようなことでも」とつぶやいた。

「私になら、ですか」

「家庭の事情は、似た経験がある方にしか打ち明けがたいということもありますので」

なるほど、やっぱりそういうことか。

溜息を堪えながら、不破とひとくくりにされたほかの同僚を気の毒に思った。

「お役に立てず申し訳ありません。でも、たしかに意外ですね。中島さんは部活中も、積極的にみんなをまとめてくれていますし」

「部活動が熱心だって、授業がその有様じゃ意味がないでしょう。本末転倒だ」

不破はたちまち顔のしわを深め、顧問なんですから部活動の指導だけでなく、勉学とのバランスも考えていただかないと、と苦々しげに説教を始めた。しまった、と口を滑らせた自分を反省しつつ、美波はたちまち相槌を打つ機械に変貌し、しおらしくうなずくことに徹する。そうしながら、英語で進学を目指す生徒にとって弁論部は重要な活動の場です、いいかげんにやってもらっちゃ困りますよ、と、赴任当初に不破から釘を刺されたことを思い出した。

「まだ二年生とはいえ、大学受験を考えているならそろそろ自覚を持たないと。なにかと家庭が大変なのはわかりますが、このままでは困るのは本人です。そうお思いでしょう?」

適当に調子を合わせながら、美波は暗澹としてくるのを感じる。そろそろ自覚を。家庭が大変。困るのは本人。暗くなった廊下の闇が不破の顔や背格好を黒く潰しているせいで、その言葉を向けられているのが誰で向けているのが誰なのか、しだいにわからなくなってきた。

「いま、この学校でもっとも中島のことを理解してやれるのは、おそらく羽田先生なんですから。彼女が学校生活に集中できるよう、よく見守ってやってください」

見守る、と、見張る、の違いについて、少し考えてみたが、答えは出なかった。

はい、と返事をした後は、ろくに視線を上げることもできないほどの疲れを感じた。美波の消沈を、不破は思惑どおり、事態を深刻に受け止めた印だと捉えたらしい。

ね」


「ところで先生のほうは、最近、いかがです」

思わず笑いそうになった。「最近どうだ」なんて、冗談以外で耳にしたのは久々だ。

「ありがとうございます。だいぶ、落ち着いてきました」

「そうですか。痩せたようにお見受けしましたので。いや、これはセクハラですかね」

「むしろ太ったくらいですよ。食欲が落ちなくて」

「ああ、わかった。昔はもっとこう、背筋を伸ばして歩いていらしたんじゃありませんか。颯爽と。ロザリンド先生と並んでいると、そこだけビバリーヒルズといった趣でしたよ」

皮肉なのかと疑うほど下手なお世辞だった。自分を善良な人間だと信じていることが、彼の唯一の不幸かもしれない。なにかきつい口調でものを言ったら、冗談めかして空気を変えたり、社交辞令を付け足したりすれば挽回できると勘違いしているのだ。人間味、とも呼べる。

それを責めることはできない。美波自身も覚えがあるし、別れた夫にも、似たような部分はあった。自覚しているかどうかの違いだけで、きっと誰にでもあるのだろう。

「あー……最近ちょっと、腰が痛くて。近々マッサージにでも行ってきます」

「それはそれは。ご自愛ください。僕たちも、いつまでも若くはありませんので」

僕たち、と一緒くたにされたことを自嘲しつつ、美波は「そうですね」と微笑んだ。

帰宅後すぐに横になって、少し休憩するだけのつもりが眠り込んでしまったらしい。フローリングの床は美波が寝ていた部分だけ生ぬるく体温を持っていて、思ったよりも長い時間が経っていることを知った。マスカラを塗った睫毛が重く、コンタクトをつけっぱなしの眼球は乾いていた。

空腹は感じなかったので、洗面だけしてそのまま寝直すことにする。立ち上がって腰を伸ばし、段ボール箱に占拠されたベッドを見下ろしつつゴムで結んでいた髪をほどいた。洗面所に行ってクリーム状のクレンジング剤で化粧を落とし、コンタクトを外し、眼鏡を掛けて歯を磨く。シャワーを浴びるのは明日にしようと思いながら、背中に蓄積された鈍い痛みをごまかそうと上体を反らしてみる。

食事にも入浴にも、結婚してからはセックスにも、一定の周期がある生活に慣れていたので、夕食を抜くとか、シャワーを後回しにするとか、その程度のことにさえ最初はどぎまぎした。普通、離婚した女はそういう部分にこそ喪失感や悲しみを覚えるのかもしれない。だが美波は意外と平気だったし、たまにふっとわびしいような気持ちになると、決まって小さいころに流行した歌のフレーズを思い出した。

「ひとりでいる時の淋しさより二人でいる時の孤独の方が哀しい」

たまに同僚や友人とのカラオケでこの曲を歌う者が現れると、そのたびに、名言だよね、子どものときは意味不明だったよねー、などとしみじみ語り合ったものだ。いつからそうなったのだろう。理解できるようになった、というばかりではない。十代のときは、歌謡曲への共感なんて誰も口に出さなかった。ありきたりな歌詞にできてしまうほど自分の気持ちは陳腐だと明言するようで恥ずかしかった。流行りの歌に心情を重ねることに抵抗がなくなったとき、就職よりも結婚よりも強く、大人としての実感が芽生えた気がした。

だが、そんなことを誰かに、たとえば夫に言ったら、きっと軽蔑されるのだろう。

部屋に戻ってクローゼットを開け、部屋着のTシャツとスウェットを、荷物が散乱したベッドの上に放った。二十センチの脚がついたシングルサイズのマットレスは、下の空間を有効活用するには高さが足りない。

このベッドを買うと決めた際、同伴した妹に反対されたことを思い返す。

「それで本当に大丈夫なの？」

そう言って、有紀は美波の即決ぶりに首をひねった。

彼女は大学進学と同時に家を出て、卒業後すぐに同級生と結婚した。いまは夫と、三歳になる息子の龍之介とともに神奈川にある夫の実家の近くで暮らしている。都内で電車通勤する美波と違い車慣れしていて、九月の連休には夫と交代で運転し、父を群馬の温泉地まで連れて行く予定だそうだ。美波も誘われたが義弟に気を遣わせるのもしのびなくて、仕事があると言って断った。

美波の新居が決まった直後、郊外の家具量販店に行きたいと伝えたときも、有紀は仕事が休みだった夫に息子を任せて危なげなく車を出してくれた。ショールーム形式になった大型家具専用のエリアには、下部が引き出し式の収納になったもの、マットレスが車のトランクのように跳ね上げられるもの、備品のキャスター付きケースをしまえるものなど、様々なタイプのベッドが陳列されていた。

「うん、だって、安いから」

「値段の差なんかちょっとじゃん。変に妥協しないほうがいいって」

「横になった感じも、よかったし」

「一瞬寝ただけでしょ。ほかも試してみないと」

「下になにもないほうが掃除も楽だし」

「だから引き出しがくっついてる奴じゃなくてさ、こういう取り出しちゃえるタイプなら変わらないじゃん。それ、高さが半端だしさあ。お姉ちゃんが思うよりひとり暮らしって物入りなんだよ？　どうしたって部屋も狭くなるんだからスペース有効活用しないと」

まくし立てられて、しだいに暗い気持ちになっていった。

昔から、美波にはこういうところがある。パソコンを買いに行ったときや保険の勧誘を受けたときも、立て板に水の説明を聞くにつれ、おまえはなにも知らないんだな、と責められているようでどんどん憂鬱になっていった。かといって反論したり打ち切ったりする勇気もなく、ただ耐え忍ぶうちに、毒でも飲んだように体力ばかりが削られていくのだ。結婚していたころは大きな決断をすべて夫に任せていたので、その感覚をしばらくは忘れていた。

「いいんだって、これに決めたんだから」

泥沼に陥る前に強い調子で言うと、有紀は口をつぐんだ。

そこで止めておけばよかったのに、苛立ちに任せて付け加えてしまった。

「住むのは私なの。なんでそうやって自分の意見を押しつけるの？」

「べつに押しつけてないじゃん」

「そう聞こえるんだってば」

「それはすみませんでしたね」

有紀はむっつりと答え、そこからしばらくふたりとも口をきかなかった。

気まずい沈黙を、しかし、美波が不機嫌の一方で安らかにさえ感じていたことを、きっと有紀は知らなかっただろう。互いの語尾を食い合い、わざと刺々しい言葉を選んで傷つけ合うようなやりとりは、同じ土俵に立っていないとそもそも許されないのだから。

けっきょく美波は最初に決めたベッドを購入し、布団も枕も各種カバーも同時に買い揃えた。届いたその日のうちにベッドメイキングを済ませ、そしていまに至るまで、一度もそこで寝ていない。

本や書類の入った段ボールで埋まったシーツの上にさらに脱いだものを投げながら、服と一緒に記憶を振り払った。下着を外し、Tシャツを被った拍子に、手首からヘアゴムが抜け落ちた。屈んでそれを拾うとき、ベッドの下の床が視界に入った。ぽっかりと真新しいフローリングのそこかしこで、糸のように絡まった長い髪、美波自身の抜けた髪が、蛇の抜け殻みたいにうねっていた。もう掃除しなくてはいけない。うんざりだ。体は有限なのに、そして無限に残るものなどなにも生み出せないのに、抜け毛だけは永遠に拾いつづけないといけない気がしてくる。

立ち上がり、天井灯から伸びる紐を引いて豆電球だけ点した。

それからベッドの下に入った。布団の下ではなく、床とのあいだの空間に。

さっきまではうつ伏せで寝ていたので、今度は仰向けにした。眼鏡を外して頭の脇に置き、磔《はりつけ》のような姿勢になった。骨と床が擦れる場所が減るように、痛みが少ないように微妙に体勢を変えて、そうしながら唐突に、みんないい人たちだったな、と思った。

まるで死んじゃうみたい、とおかしくなった。だが、本当にそうなのだ。

みんないい人たちだった。有紀。義弟と甥。早すぎる離婚を受け入れてくれた父。離婚と転居を報告したら手伝いという名目で駆けつけてくれた奈津実。飲み会を開いて励ましてくれた高校や大学の友達。素知らぬふりをしてくれる同僚の中には、さりげなく自分の離婚を笑い話として語ってくれた人もいた。深夜に家を飛び出し拾ったタクシーの運転手。ビジネスホテルの受付嬢。不動産屋の若い事務員。アルバイトの学生らしい宅配業者の青年。市役所の住民課やパスポートセンターや運転免許センターの窓口にいた職員たち。もう二度と会わないだろう義母と義父も、夫いわく孫の顔を見ることを熱望していたにもかかわらず、とうとうそれを果たせなかった美波を責めなかった。

みんないい人たちだった。あの中の誰か、たったひとりからでもよりひどい扱いを受けていたら、二度と立ち直れなかったかもしれない。夫に対してさえ、離婚してくれてありがとう、逃がしてくれて、逃げてくれてありがとうと言いたい。きっとそれは、なにかがおかしい。だが、なにがおかしいのかはよくわからない。今後もわかる気がしない。

たとえば有紀ならそこに、納得のいく答えを見つけられるのだろうか。

目を閉じると、眼前にある木材組みのベッドの底が、じっくりと脳を直接押し潰すように意識の淵に迫ってきた。深い呼吸を繰り返すうちに、それはしだいに眠気へと変わっていく。

有紀はもともと義兄を嫌っていた。美波が自分たち夫婦の喧嘩について話すと、必要以上に怒って彼を罵ってみせるのが常だった。

「ほんとにお姉ちゃんのこと思ってる人が、泣いてんのに二時間座らせっきりで説教やめないなんてある？　それっぽい顔して痛めつけるの楽しんでるんだよ、絶対」

そんなふうに言われたことを思い起こしながら、それにしてもどこかで聞いたような台詞だな、とぼんやり考えた。

「どれだけ頭よくて年間何百冊本読んでるか知らないけどさ、あんなのタダの暴君だよ。人は自分の言うこと聞くと思い込んでる時点でうちの龍之介とおんなじ。キーッてなって喚く代わりに、溜め込んだ赤の他人の言葉と偉そうな態度で角へ角へと追い詰めていくってだけ」

「でも、言ってることは間違ってないし」

「いいかげんにしなってば。内容云々じゃなくてやり口がおかしいって話」

「有紀だって、龍君が泣いても怒りつづけることあるじゃない」

「子どもを叱るのと比べる時点でおかしいって気づきなよ」

「自分が先に龍君の名前出したんじゃん」

言うと同時に注文の品が運ばれてきて、互いに沈黙した。

その日美波が連れて行かれたのは、横浜にある雑誌にも載ったという有名なカフェだった。コーヒーだけでいいと言った美波を押しきって有紀がふたりぶん注文したのはデザートを三種類盛り合わせたプレートだったが、店内は窓が大きいのにやたらと照明も強く、目玉商品のはずのそれは白光りしてまるで食指を動かさなかった。

「有紀」

返事はなかった。もう一度呼ぶと、ようやく、なに、と低い声が返ってきた。

「ありがとう」

ごめんね、ではなくそう言っておいて、おそらくよかったのだろう。

有紀は一瞬目を見開き、それから、しぶしぶといった様子でうなずいた。

甘いものを食べ進めつつ、ぽつりぽつりと有紀の家族――夫との育児観の相違、息子の偏食、いわゆるママ友付き合いや嫁姑関係がどれほど神経をすり減らすか、そんなことを話すにつれて、しだいに有紀はいつもの明るさを取り戻していった。まいっちゃう、とか、やんなるったらもう、とか好き放題に言う妹を、美波はまぶしいような気持ちで見ていた。皿とカップが空になっても有紀は二時間ほどしゃべりつづけ、そして美波の夫の話題には、もう決して触れようとしなかった。

美波が離婚に至る、はるか以前の話だ。

有紀との口論はつねに、ガラスの破片が混じった泥をぶつけ合うようなやり場のないものだった。だが少なくとも、夫と喧嘩した姉を明るい場所に連れ出し、甘いものを食べさせ、やみくもに相手の悪口を言うという行為のどこか画一的な嘘っぽさよりは、痛みを伴う会話のほうがまだ、彼女の本音に近いぶんマシな気がした。

有紀は昔から我が強く、思ったことをすぐ口に出す性格で、その傾向は息子を出産してからさらに強まった。とくに自分の夫の龍也に対しては美波が割って入ってたしなめたくなるほどずけずけと物を言い、はいはいと従われたらそれはそれで「主体性がない」と口を尖らせるという具合だ。だが、周りは有紀におおむね好意的だった。あの子にとっては、あれが愛情表現だから。父も龍也も、なんだかんだとぶつかりつつ最後にはそう言った。

昔、何回忌かは忘れたが父方の祖母の法事で、誰かが「有紀ちゃんがいると、家が明るくなっていいでしょう。影がないっていうか。嫌なことも忘れられそうね」と父に言うのを聞いた。美波はセーラー服姿で親戚にお茶を配りながら、家事をすることや勉強ができることなんかより、そっちのほうがずっと大事な気がするな、と思った。傍目から見る父と自分が背負っているらしい、影、というものについては考えないよう努めた。

美波の友人たち、奈津実でさえ、有紀ちゃんって面白いね、いかにも末っ子って感じ、と笑っていた。妹さんは少し口調が強いよね、俺は美波みたいに、ちゃんと言葉を選んで話す人のほうが好きだな。そう言ってくれたのは、夫だけだった。

そこまで回想したとき、迫っていたベッドの底はついに意識の芯まで至ったらしい。それは暗闇で美波が積み上げた思考の断片を、賽の河原の石みたいにごとごと崩していった。一瞬前になにを考えたかさえ忘れながら、きっと、次に目覚めたら本当に「なにか」を考えていたかすら記憶していないだろう、とうっすら感じた。どうしても石を積みたいなら、また一からやり直しだ。無間地獄、と奈津実が表現したことをかろうじて思い出しつつ、意識の崩れる音を聞きながら美波は眠りに落ちた。

「親愛なるロザリンドへ

こんにちは、ミナミです。お元気ですか?

九月になりましたね。日本はまだ夏のように暑いです。イギリスはどうですか?

お腹のお子さんも、日に日に大きくなっていることでしょう。

クラブの生徒たちが、あなた宛てに書いたカードや手紙を送ります。あと写真も。みんなあなたに会いたがっています。私もです。落ち着いたらそちらの写真も送ってください。

学校はあと二ヶ月ほどで文化祭です。今年、私たちのクラブは朗読劇をやります。

ウィリアム・シェイクスピアの『お気に召すまま』です。あなたのために選んだのです。昔の英語は現代と違うところが多く、みんないまから悲鳴を上げています。でも、あなたを喜ばせるために頑張っています。

ロザリンド役（二十一世紀のロザリンド）はあなたがよく褒めていた、二年生のアヤノが演じることになりました。ちろん）はあなたがよく褒めていた、二年生のアヤノが演じることになりました。とても練習熱心で頼もしい主役です。語学は体育よ、繰り返し練習するしかないの、と、あなたはよく言っていましたね。アヤノはそれをもっとも忠実に守っている子だと、私も思います。

本番の様子は、私が録画をして送ります。見られるといいんだけど。でも、もし見られなくてもゆくゆくはYouTubeにアップしようと思うので安心してください。」

そこまで書いたところで、準備室の引き戸が静かに開いた。

「失礼します。先生、鍵を返しに来ました」

振り向くと、当の文乃が立っていた。べつに悪いことをしていたわけではないが、美波はとっさに書いていた手紙を裏返し、そそくさと彼女に歩み寄った。

「ご苦労様。みんなは？」

「もう帰りました。私は、ちょっと教室に忘れ物して」

身長は百五十センチに満たず、思春期らしいぽちゃぽちゃした丸みを帯びた彼女の体型を、長身で筋肉質なロザリンドは「テディベアのようで愛くるしい」と気に入っていた。黒々とした髪を低い位置で束ね、眼鏡の下の涼しげな一重は生まれたてのようにまっさらだ。たとえばほかの女子のようにアイプチで二重にしようとかマスカラで睫毛を伸ばそうとかいった、ささやかな努力をしている気配もない。ロザリンドはそれも潔いと褒めていた。

「どうして日本の女の子たちは、わざわざ髪を茶色くしたり目を大きく見せようとしたりするのかしら。黒髪も涼しげな目も素敵じゃない。日本人らしくなく装うことは魅力を殺しているわ」

疑いもなく言い切る本人は、後れ毛や根元がやや茶色くはなっているが、おおむね見事なブロンドだった。灰色の両目は、くっきりとした二重まぶたや誇らしげにそびえる鼻梁といった、彫りの深い顔立ちに守られていた。

文乃について、ロザリンドはこうも言った。

「アヤノは昔、なにか外でスポーツをしていたのかしら。知っている?」

「中学まではソフトボール部だったらしいよ」

「そう。もう少し色が白ければ、日本人形みたいでもっと素敵だったでしょうね」

美波は曖昧な相槌を打ちながら、自分が鼻筋に入れたハイライト、ブラウンのシャドウで輪郭を整えた目はどう見られているんだろうと考えた。テディベアのようだと褒められて、思春期の女の子が喜ぶと彼女は本気で信じていたのだろうか。

「どう、練習進んでる？」

「んー、まあ」

教師が始終見張っていたら、むしろ生徒たちの士気を損ねる。基本的には自由にさせつつも、だらけないよう要所要所で気を配らなくてはならない。

「明日あたり、一度様子を見に行くから」

「いえ、まだたいしたことやってないですし、もっと形になってからのほうが」

「形にしよう、って雰囲気になるところまで持っていくのが大変なのよねえ」

「それは言えます。でもどっちかっていうと、みんなより私が問題で」

リコン、という単語が頭をよぎり、一瞬どきりとした。

「男装の麗人って面白そうだと思ったけど、だんだん理解できなくなってきちゃって」

「……ロザリンドのこと？」

「女なのに男のふりして、男のふりしたまま女のふりしたりするでしょ？　もう、おまえ誰だよ！　って。どんな声出せばいいかわかんなくなっちゃう。複雑すぎてどこにいるのかな、むしろどこにもいないのかも、みたいな」

「哲学ね」

茶化すように言いながら、美波は生真面目にしわを寄せた文乃の眉間に手を伸ばし、丁寧に伸ばしてやりたい衝動をかろうじて抑えた。

「先生」

「ん？」

文乃は眼鏡越しにじっとこちらを見つめ、それから首を振った。

「なんでもないです」

「どうしたの、なにか悩み事？」

こんな訊き方で本音を言いたくなる子なんかいるものか、と自嘲する。案の定、文乃は同じ答えを繰り返してみせただけだった。短い逡巡の末に発した台詞は、我ながらおよそ考えつくかぎり最悪のものだった。

「困ったことがあったら、いつでも言ってね」

「はい、ありがとうございます」

鍵を受け取るときに一瞬触れた文乃の手はあたたかく、わずかに汗で湿っていた。そのぬくもりを自分の覇気のない手に移そうとするように、美波は鍵を握りしめた。

「気をつけて帰って」

「はい。失礼しました」

きちんと頭を下げて扉を閉める文乃を見送って、机に向き直った。

鍵を引き出しに入れて、途中まで書いていた手紙を読み返す。

最初は英語で。次は脳内で和訳しながら。日本語にしてみると、よけいに内容の薄さが際立った。誰にでも言えることしか言っていない。これが仮にも二年と少し一緒に働いた同僚への文面とは。もし自分が逆の立場だったら、そこにいた意味さえ疑うかもしれない。

続きを翌日に持ち越す気にはなれず、美波はふたたび万年筆を手に取った。

「いま、ちょうどアヤノが教室の鍵を返しに来ました。遅い時間まで熱心に練習していたみたいです。夏休みの間に、クラブの子たちはみんなまた少しお洒落になっていました。でも、彼女は変わりません。あなたが褒めていた黒髪もそのままです。あなたのかわいい赤ちゃんの写真を見られるのを楽しみにしています。体を大事にしてね。旦那さんにもよろしく。」

ミナミ、と署名して、ふっと窓から外を見下ろした。

英語準備室は校舎の三階にある。グラウンドやテニスコートでは運動部が練習を続けていた。その校庭を突っ切る門への道を通って、まだ薄明るい夕空の下を、文乃が帰っていく後ろ姿が見えた。

「相当やばいねー、美波ちゃん」

言いながら腰を親指でぐっと押され、思わず短い悲鳴が漏れた。

「おっ、我慢強い美波ちゃんがめずらしいね」

「うわ、これもうだいぶ、来てますよね」

「来てますよお。言っとくけど腰だけじゃないから。きょうは覚悟しといてねー」

けっきょく、マッサージには本当に行くことにした。この時期には夏の疲れが出るとかで体調を崩す人が増えるらしい。とくに週末はその手の客が多いようで、予約がとれたのは電話をした二週間後、九月の連休が終わってからだった。

個人経営の診療所は実家があった場所の近くなのでいまの自宅からは遠いが、わざわざほかに通う気は起こらなかった。マッサージ師は恰幅のいい中年女性で、社会人一年目、オーバーワークで早々に体が悲鳴を上げだしたころに父から紹介された。

前回来たのがいつだったかは覚えていない。もう結婚していたはずだが、あけすけな彼女に新生活について突っ込まれることや、父が自分たち夫婦についてどう話しているかを聞かされることがいつしか億劫になった。彼女も父も悪口など言わないが、いや、だからこそ、客観的で慈愛に満ちた言葉を使われれば使われるほど、わけもなく疲れていった。

「こないだ親父さんもいらしたよ。連休、お孫さんと過ごせて楽しかったみたいだね」

「そうですね。甥はかわいい盛りですし、妹の旦那さんも気を遣ってくださる方で」

「『美波も来られりゃよかったんだけど、いまどきの先生は俺らの時代と違って忙しいからねえ』って言ってたよ」

父の物真似を交えての台詞に笑いながら、心が痛むのを感じた。

敬老の日を含む三連休は、部屋の片付けをしたり学校で仕事をしたりして過ごした。その間、美波の携帯にはずっと、龍之介を見ながら相好を崩す父の写真が有紀経由で何枚も送られてきた。楽しそうだとは思ったが、うらやましいとは感じなかった。親の老いを敬う日なんて、子どものいない自分には関係ない気がしたし、そうであってほしかった。

夫は真逆だった。「俺たちはそのぶん、配慮すべきだよ」というのが、互いの実家の話が出たときの彼の常套句だった。そのぶん、というのは前に来る話題があるからで、それは美波より若くして出産した有紀のことだったり、妊娠の気配がない嫁を夫側の親戚が「心配」していることだったりした。

「食欲はあるみたいだね」

「はい、普通に」

「酒も飲んでない」

「そうですね、最近は」

「生理も順調」

「はい、う」

あちこちを押されながら訊かれるので、答えには自然と苦悶の呻きが混じる。

「仕事、忙しいの」

「ええまあ」

「帰ったらすぐバタンキュー、って感じ？」

「ばたんきゅー、って懐かしい響きですね」

「ちゃんとベッドで寝てないでしょ」

揉まれるたびに走る激痛に気を取られていたせいか、話を逸らしきれなかった。

「……わかります？」

「わかるよそりゃ。きょう、できるだけのことはやっとくけど、けっこう溜まってきてるからね。このままじゃ取り返しがつかなくなるよ？」

思わずぎょっとして、取り返し、と繰り返すと、そうよお、と右膝の裏を容赦なく押された。

「ぎっくり腰。そりゃもう地獄みたいに辛いんだから。医者の不養生であたしも一回やっちまったけど。たしか英語じゃ『魔女の一撃』とかいうんでしょ？」

「……って聞きますけど、たぶんそれ一般的じゃないですよ。普通に、"backache"

とか"strained back"とかのほうが通じるんじゃないかと」

「ありゃ、そうなの？」

「私、そんなにひどいんですかね。先生でも一撃で解決できないくらい？」

「いや、あたしが魔女かって。そんなの当然でしょ。毎日ちょっとずつちょっとずつ気をつけるしかないよ、何事も。いい方向に行かせるためには」

「……それでどれくらい掛かりますかね」

「個人差があるね。生活環境にもよるし」

「ああ、遠いなぁ……なんかもう、ここらで一回どーんと地獄に落ちておいたほうが楽な気もします」

予想外に切実な口調になってしまい、「ばかなことお言いでないよ」と足の裏を押す手に力が入れられた。思わず身をよじると、悶えすぎてずり上がってきてるよ、と笑われて、それから仰向けにされてまたひとしきり痛めつけられた。最後にアイロン台にも似た簡易ベッドの上でストレッチをして、正味一時間のコースは終了した。ベッドから降りて伸びをすると、腰や両肩にわだかまっていた、岩のような重みはだいぶ薄れていた。

「きょうは親父さんのとこに寄ってくの？」

「はい、この後一緒にお昼を食べようかと」

食事の誘いは父のほうから来た。旅行の土産を渡すと言われ、美波が日付を希望した。

いいね、親孝行して来な、と豪快な笑顔で言われ、美波も素直にうなずいた。脂肪より筋肉で固太りした腕を振りつつ送り出されながら、もしかして母性ってこういうものなのかな、と思ったが、すぐに苦笑して首を振った。我ながら短絡的に過ぎる。

診療所からバスに乗って、指定された洋食屋には待ち合わせの時刻の十五分前に着いた。

最近の店はどこも明るすぎて老眼にはきついとこぼす父が、いまも愛用する数少ない店のひとつだった。幼いころ、美波も何度か連れてきてもらった覚えがある。ドアに採光用のスリットが入っているだけで、ほかに窓はない。照明は橙がかった白熱灯だった。細長い一階にはオープンキッチンとテーブルが五つしかなく、すべてのテーブルに赤と白のギンガムチェックのクロスが掛かっている。団体客は、急な階段の上にある二階に案内されるらしい。

ざっとメニューを一瞥して、先に飲み物を注文した。小さなコップから水を飲んでいる間に、それよりひと回り大きいグラスになみなみと入った烏龍茶が運ばれてくる。後はもうひとり来てから注文します、という台詞にうなずいて年配の女性店員が奥に去るのを待って、鞄から、メタリックピンクの携帯ゲーム機を取り出した。

美波自身のものではない。

不破が挨拶もそこそこにそれを美波の前に差し出したのは、九月の連休が明けてすぐ、朝の職員会議が終わった直後だった。きょとんとする美波に、彼は「中島がこんなものを」と重々しく言った。

「……持ち物検査ですか」

「そうです」

生活指導の担当である彼の音頭取りで、たまに登校時、校門で抜き打ちの服装及び持ち物検査が行われる。

「その場ですぐに問い質しましたが、すみませんと言うばかりで埒が明かなくて。すみませんではなく、こういうものを持ってきてもいいと思った理由を説明しなさいと言ったんですが、すっかり黙りこくって」

なぜ不破がここまで不機嫌なのか、美波にはいまひとつ飲み込めなかった。持ってきてもいいと思った理由？　むしろ、どうしてそんなものが必要なのだろう。

「黙っていればなんとかなるなんて、子どもと一緒ですよ」

「はあ」

「さんざん心配をさせておいて」

苦虫を嚙み潰したような顔のまま放たれた一言で、ようやく納得がいった。

授業中に居眠りが増えたらしい文乃の「家庭の事情」に気を取られていたら、その実態がこれだったということか。本当のところはわからないけど、と美波は思った。ストレス性の不眠症とかじゃなくて、むしろよかったんじゃないかな。だがむろん、目の前の相手にそんなことを言える空気ではなかった。

真面目な生徒だと信じていたんですがね、と言い募る歪んだ表情を見たくない一心で、美波はうつむいた。苦々しげだった不破の口調はしかし、ふいになにかに思い至ったように、同情めいた溜息まじりのものに変わった。

「まあ、事情を鑑みれば、現実逃避をしたくなるのもわかりますがね」

付け加えられたその台詞は、どんな失望の言葉よりも美波の気分を暗くした。

「僕だって、本人にそう伝えたんですよ。君の気持ちは察するが、いつまでもこんなものに熱中しているようではこの先やっていけない、社会はそんなに甘い場所ではないと。ですが、まったく答えないんです。やりきれません」

本当にやりきれなかったのは文乃のほうだろう。彼女の心情を想像しただけで、美波まで悲しくなってきた。なんらかの事情を抱えた人間は、それ以外のことに夢中になったり、心を奪われたりしてはいけないとでもいうんだろうか。

黙ってしまった美波に鼻を鳴らし、不破は続けた。

「羽田先生には以前、お伺いしましたよね。中島に変わったところはないかと」

「はい」

「ないとおっしゃいましたよね」

「はい」

まるで安手の刑事ドラマだな、と思った。

「授業中ならともかく、課外活動ではまだ素に近い態度を見せるものでしょう？　もちろん、先生にもご事情があって大変なのはお察しします。ただ教育者として、生徒への目配りがおろそかになるようではいかがなものかと思うのですが」

その言い回しは、数時間前に彼が文乃に対して用いたというそれによく似ていた。

「はい、そのとおりです」

周囲からの視線を感じつつ、美波は顔を上げなかった。こういうときにどうすればいいかは、不本意だがよく知っていた。棘のある言葉をしばらく受け流した後、相手がひと呼吸ついたタイミングを見計らってしおらしく願い出た。

「私が責任を持って中島さんと話します。それ、お預かりしてよろしいでしょうか」

「簡単に返すようじゃ困るんですが」

「はい、わかっております」

美波はなけなしの気力を総動員して不破の目を見つめ、きっぱりと答えた。

その後も小言は続いたが、最終的に文乃のゲーム機は美波に託された。

たしか最近は、携帯電話で量質ともにかなりのゲームが遊べるはずだ。どうしてわざわざこんなものを学校に持ってきたのだろう。少し恨みがましく思いながら、美波はそれを、机の引き出しではなく自分の鞄に入れた。

そうしたのはただなんとなく、懐かしいと思ったからだ。

美波が中学生になるころ、有紀が父に直談判してテレビゲームを買ってもらった。最初は美波も何度か付き合わされたがすぐその要請はなくなり、たまに有紀の隣で見物するだけになった。だが美波としても、自分で遊ぶよりただ眺めているほうが楽しかった。それくらい有紀の手際は鮮やかで、こんなにうまくいくと逆に本人は面白くないんじゃないかと訝るほどだった。

「え、またセーブするの？　さっきもしたでしょ」

「だって、もう一回同じことするのダルいじゃん」

「でも、そもそもさっきの選択肢が違ってたらさ」

「もー、お姉ちゃん、考えすぎ。大丈夫だって。それっぽい罠かそうじゃないかなんて、プレイしてればなんとなくわかる。見る専の人は安心してなってば」

立場が逆転したように諭す有紀の自信ありげな笑顔は、「見る専」の姉が取りこぼしたなにかを確実に得ていることを感じさせた。根拠はないが、いくら傍若無人な言動をとっても彼女が周囲から愛される理由には、この手触りを知っていることも大きく関係しているように思えた。

痕跡を刻むことへの、躊躇のなさ。

ほどなく有紀は携帯ゲーム機を手に入れて、美波に自分のプレイを見せてくれることはなくなり、美波もそれ以来、あまりゲームとは縁のない生活を送っていた。そんな思い出が文乃のゲーム機に触れた瞬間ふっと蘇り、美波はそれを、深い考えもなく自宅に持ち帰った。そして、いまに至るまで持ち運んでいる。

鞄のサイドポケットに入れていた携帯電話が震えた。

父からのメールで、歯医者の待ち時間が長引いたので遅れる、先に食事をしていろという内容だった。時刻は約束の十分前。了解、と簡単に返して、美波はゲーム機の電源を入れ、付属のタッチペンを引き抜いた。

ローディング中、というテロップが表示された後、画面が暗転し、オープニングアニメが流れはじめる。

文乃が遊んでいたのは、大勢の美青年からひとりを選んで恋愛をする、学園もののシミュレーションゲームだった。最初に電車の中で起動したときは男の子の声がついた妙に華やかなムービーが大音量で流れ出してしまい、急いでミュートにしたものの、しばらく顔が熱かった。いまは電源を入れる前に、欠かさず音声を切ったか確認している。

セーブデータには保存された日時以外に、ヒロインの名前、攻略中らしい男の子の顔、ゲーム内のものらしい日付が表示されている。主人公の名前は「文乃」やそれをもじったものではなかった。同じ男子を攻略しているデータがいくつかあり、どうやらそれが彼女の気に入りのキャラクターらしい。遊びはじめたのは二ヶ月ほど前からのようだが、十まであるセーブデータはほぼ埋まっていた。

適当なひとつを選択するとゲームが始まる。主人公の部屋がセーブポイントらしく、かわいらしい寝室の様子を背景に、これからとる行動の候補が表示された。

もう慣れたものだった。英語準備室で教材研究の片手間に、帰宅中の電車内で、部屋で手持ち無沙汰のときに。なんとなく、同じことを繰り返している。

主人公はそこから毎日登校し、目当ての男の子と会話を交わす。そうしていくうちに、好感度を左右するちょっとしたイベントが起こる。その後の命運を決める選択があったりミニゲームが挟まれたりもするが、どれも拍子抜けするほど簡単で、すぐに要領がつかめた。最近のゲームはずいぶん操作がわかりやすくなったのだと感心する。昔はどこを押すとどうなるかも見当がつかずにもたついては、有紀に「ボタン押さずに腕だけ動かしてどうすんの！」と叱られていた。

登場人物たちの奇抜な髪や瞳の色、高校生離れした歯の浮く台詞、お約束の展開にいちいち苦笑したり鼻白んだり、いつしかそれなりに楽しんだりしているうちにエンディングが目前になる。意中の男子とふたりきりになり、彼の表情が思わせぶりになり、音楽が切り替わったらゴールは間近だ。甘い言葉が連呼されるのをしばらく眺めてから、それまでの積み重ねが最高潮になる直前に、電源を切る。しばらく待ってから、また入れる。

もう一度ローディング中の画面を見守って、もう一度同じオープニングムービーをスキップし、もう一度「つづきから」を選んでセーブデータを見る。スクロールしてみても、美波がプレイした記録はどこにも残っていない。

現実ではたしかに時間が経っているのに、データを保存さえしなければ、機械の中ではなにも起こっていなかったことにされている。それは不思議な感覚だった。何度も同じことをしながら、セーブせずに電源を切るその瞬間に感じるものが、どういう気持ちに近いのかを考えてみた。快感、とか、背徳感、とか様々な言葉が浮かんだが、ぴったり当てはまるものはいまのところまだない。

洋食屋は日中なのに薄暗く、液晶画面のまぶしさが普段よりも目についた。

美波は機械的にゲームを進めながら、バツイチの高校教師が生徒から没収した恋愛ゲームで遊んでいるなんて、人が見たらどう思うだろうと想像してみた。口内炎を舌先でつつくように、小さな痛みを伴うが止められない想像だった。そんなに現実の男が辛くなったのかと同情されるか、指を差して笑われるか。どちらにせよ、惨めに見

えることには変わりない。でも後者のほうがまだマシな気がするな、と結論づけたあたりで、

「なんだ、ゲームなんか買ったのか」

顔を上げると、美波の手元を覗き込むようにして、いつのまにか父が立っていた。

「私のじゃなくて、生徒の」

とっさにゲームの電源を切って弁明したが、父はもう聞いていなかった。

「なにも頼んでないじゃないか」

そう言って対面に座ると、テーブルの脇に挿してあったメニューを二冊とも取って一冊を差し出してきた。それに目を通す美波に向かって「痩せたな」とつぶやき、まだ注文が決まらないうちから大声で店員を呼んでしまう。

「そうでもないよ。久しぶりだからそう見えるんじゃない?」

美波は鞄にゲームを戻しつつ、父の様子をそれとなく観察した。父のほうこそ、以前より痩せて見える気がした。座る際、どっこいしょ、と声をつける癖は昔からだし、年齢のわりに豊かな髪にちらほら混じる白髪も目立って増えたわけではない。細かい文字を読むとき腕を遠くに伸ばす癖も、十年ほど前に老眼が始まったころからのものだ。それらがいちいち目につくのは、それこそ久しぶりに会ったせいだろうか。

定年まで地元の役所で勤め上げ、いまは年金生活を送る父は、しだいに奔放になっていっている。かねてから頑固で考えを曲げない性格ではあったが、だんだんそれを厳格さで取り繕わなくなり、思いつくままに振る舞っていることを隠そうとしなくなった。なにせいくらもうふたりとも結婚していたとはいえ、娘たちにも黙って実家を処分してしまうくらいだ。

自分たちの家が「吉岡さん」の家になったことを知った後、美波は即座にそれを有紀に電話で報告した。彼女も最初は驚いた声を出したが、すぐ「ま、そういうことは早めに済ませておいてもらったほうがいいかもね」と言った。あっさりとした口調に、今度は美波のほうが驚いた。

「それにしたって、一言くらいあってもよくない？」

「お姉ちゃん、怒ってるの？」

「そういうわけじゃないけど」

向こうからは龍之介の声がした。有紀がときどき通話口から顔を離して、彼をあやすのも聞こえた。ママいま美波ちゃんと電話してるから静かにね、という有紀の台詞に、みーたん？　と無邪気な声が被さってきた。有紀の教育の賜物で、龍之介は美波を「おばさん」ではなく「みーたん」と呼ぶ。舌足らずなその呼びかけに、普段だったら頬がゆるむところだった。

「許してあげなよ。人は老いると子どもに還るっていうじゃない」

声は軽やかだったが、冗談を言っている調子でもなかった。

「理性が玉ねぎの皮みたいにどんどん剝けていって、最終的には本能っていうか本性しか残らないんだって。だから、やりたいことしかやらなくなるし周りの目も気にならなくなる。たぶんもうちょっとしたら、龍之介の精神年齢とお父さんの精神年齢がぴったり重なる日が来るよ。二台のエレベーターがすれ違うみたいにさ」

明快すぎて残酷な喩えに反発を覚えたが、実際に言えたのはつまらないことだった。

「やめてよ、縁起でもない。老いっていうほどじゃないでしょ、まだ」

「じゃあ、いつからが『老い』なの？」

思わぬ核心を突いた反駁に、美波は黙った。だが、有紀はさらに畳みかけてきた。

「定年退職。還暦。古稀、喜寿、米寿。それとも年齢じゃなく、腰が曲がって杖なしじゃ立てなくなったら？　総白髪になったら？　頭がぼけて、口からよだれまじりの食べ物をこぼすようになったら？　まさか本人が認めるまで老いは来ないとか言わないよね」

完全に無言になった美波に向かい、有紀は静かに告げた。

「いずれにせよ、お姉ちゃんの決めることじゃないよ」

有紀のあの受け入れの早さは、子どもがいることも関係していたのだろうか。

そんな埒もない回想は、父の飲み物が来たタイミングで打ち切られた。

オレンジジュースと烏龍茶で乾杯をした直後、今度は店の名物だという具沢山のサラダが運ばれてきた。サラミや小魚の酢漬けやオムレツの入ったそれを取り分けていると、父がふいに「あ、俺はそれはいらんから」と美波の手元を指差した。

「サラミ？」

「うん」

「嫌いだっけ」

「どうもな」

そう言ってしかめ面をする父は、まるで子どものようだった。

「好き嫌いはよくないよ」

冗談めかして言うと、気まずそうに頬を掻いてみせる。

昔なら考えられないことだった。父はかつて、有紀が残したグリンピースを別の皿に山盛りにし、彼女が食べ終えるまで腕を組んで監視していた人だ。泣かれても容赦しなかった。そういうとき、美波は最低限の後片付けだけをして早々に部屋に戻ったが、食卓越しに睨み合うふたりの間には、魂を賭けた果たし合いのような、侵しがたい緊張が走っている気がした。

妹と父はよくそういうぶつかり方をした。父はテレビの見すぎだとか携帯電話の使用料金がかさんでいるとか帰りの時間が遅かったとか、他愛ないことで有紀に厳しく当たった。美波を見てみろ、という台詞が聞こえることも多かった。有紀は有紀で、彼氏への態度がムカつくとか進路に口を挟むなとか、そんなことでいちいち派手に喧嘩を仕掛けた。美波はずっと傍観していた。男手ひとつで育ててくれている父に、なぜ有紀があああも大胆に反発できるのかわからなかった。

「どうだった、群馬。水上だっけ？」

いまや有紀のほうが父と密に連絡を取り、孫の顔を見せ、旅行にも連れて行く。美波は結婚にも失敗し、たまにこうして一時間か二時間、誘われて食事をするのがせいぜいだ。

「よかったよ。おまえも来られりゃよかったんだけどな」

その口調は、診療所で聞いた物真似とそっくりだった。思わず笑ってしまったが、父は気づいたふうもなく、旅行中に孫が見せたかわいらしい言動、娘の良妻賢母ぶり、義理の息子が家庭を大事にしている様子などについて語った。そんな話を無邪気に聞かせてもらえることに安心しつつ、美波も耳を傾けた。昔の父なら、離婚した長女に家族の素晴らしさを逐一伝えるなどありえなかっただろう。これもまた、「皮が剝け」だしてからの変化だ。

そう思う間に話題は有紀の子育て事情に及び、旅館で夕食の際にテレビをつけた父が、教育によくないと猛然と叱られたというエピソードに至った。

「あの有紀が？」

かつて有紀はテレビっ子で、とくに十代なかばあたりからはゴールデンタイムの連続ドラマに熱中していた。主要な番組は欠かさずチェックし、よくあらすじが混線しないね、と呆れる美波を「お姉ちゃんは頭が古いんだよ」と一笑に付した。

「すっかりいいお母さんだね」

「そういうものだと思ってるんだろ。ほかを知らんから」

あきらかに、褒めている口調ではなかった。どちらかと言えば、憐れむようだった。

反応に困った矢先、メインの料理が運ばれてきた。父が肉で美波が魚。昔は逆だったな、と思っていたら名前を呼ばれた。

「美波」

「んー？」

「おまえ、最初の記憶はいくつのころのだ」

「……なにそれ急に。心理テスト？」

茶化して答えたが、父はただ、言ってみろ、というようにこちらを凝視するだけだった。

「えーっとねえ……」

走馬灯の練習みたい、と内心苦笑しながら、美波は頭の中で時間を遡った。時の流れはまさに水のようで、そのままだとこぼれ落ちるばかりですくい上げようがない。だが所々に、その後を微妙に変える杭のような記憶たちが刺さっている。仕事の失敗、手痛い失恋、奈津実との喧嘩、かわいがってくれた父方の祖母の死。あれがなかったら、こうしていれば、ついそう考えてしまう思い出たち。その脇を次々と、時に無感動に、時に目を逸らしながら通り過ぎる。

だがひとつ、どうしても無視できない黒く太い杭が、源流の近くにそびえている。

そして、それの存在しない人生には、いくら試みても想像が及ばない。

「うーん、覚えてない」

「なんだそりゃあ」

「どうして?」

「有紀、まだ一歳だったろ。あいつが出て行ったとき」

ナイフとフォークを使う手を、止めないように気をつけた。

「記憶なんかないだろう。いなかったものに急になれって言われたら、勉強するしかない。だが、本だの雑誌だの、そんなのには理想しか書いてない」

そりゃしんどいよなあ。溜息まじりに言って、父は力なく食事を再開した。

美波がホワイトソースの掛かった白身魚を切り分けると、皿とナイフのぶつかる音がやたらに高く響いた。

「お父さん」

父が注文したローストビーフには、流れ出した牛の血をそのまま煮詰めたような、どす黒い液体が掛かっていた。それを口に運んで、うまいな、とつぶやく父はしかし、言葉とは裏腹に苦行を思わせる表情をしていた。

「私、有紀のお姉さんらしくなかった？」

「そんなことはない。よくやってくれたよ。反抗期もなかったし」

「私だって、『お姉さん』がいたからお姉さんだったわけじゃないよ」

「まるで母親代わりだった」

魚はやわらかすぎて、ナイフを少し当てただけですぐに身がぼろぼろ崩れてしまった。しかたがないので、フォークをスプーンのように使ってすくいながら食べる。

「いまの仕事だって、おまえ、これまで出会った教師がみんな屑みたいな奴だったらやりたいとは思わなかっただろ」

「そういう人もいるかもよ。理想の先生がどこにもいない、なら自分がなろう！　みたいな」

くだらない台詞に、まともな反応があるとは最初から思っていなかった。ほんの気休めのつもりだった。だが父の返事を聞いて、美波は自分の軽薄さを後悔した。

「有紀も、ああいう母親にはなりたくないと思ったのかな。こういう親に、かな」

もう、よけいなことを言う気にはなれなかった。

それを知ってか知らずか、どうも、と父は切り出した。

「どうもあいつの家は布団なんだな。親子三人、川の字で」

「……ふうん」

懐かしい、と思ったのは、有紀が生まれる前の美波がまさに、父と母とその体勢で寝ていたはずだからだ。

ただ、覚えているわけではない。いまとなっては、そういうことがあったらしいというだけだ。有紀が生まれ、夜泣きをするようになり、美波にひとり部屋が与えられ、そして、その後に待ち受けるものの大きな影が、そこに至るまでの記憶のほとんどを塗り潰している。

「家でも、幼稚園での昼寝もそうだから、龍之介がベッド慣れしてなかったんだな」

「あれ、旅館じゃなかったの？」

「ほら、最近ちょっと洒落たところだと、ホテルみたいな部屋もあったりするだろ。畳と半々になってるような」

「あー、そうだね。有紀はそういう場所のほうが好きだろうね」

毒にも薬にもならない相槌を打つ一方、父がどこに向かおうとしているかは考えないようにした。ただ、結末のわかりきった悲劇をなぞるような、ぼんやりとした憂鬱を感じずにはいられなかった。

「龍がな、ずっとご機嫌だったんだが、寝るってときになってぐずりはじめてな。聞かないんだ。ベッドの下が怖いから眠れない、」

「……」

「誰かが隠れてる気がするって」

美波はナイフとフォークを置き、氷が溶けて薄まりだした烏龍茶を飲んだ。

「龍也君は、もう寝ちまっててね。ずっと運転もしてくれてたし、酒も入ってたし」

庇うように付け加えたことが、むしろ、そうでなければ話は違ったかもしれない、と父が考えていることを露呈した。そう思いたくなるなにかが、この後に待っていたことを。

「子どもなんて、よくそんなふうに考えるもんだろう。最初は有紀もなだめていたんだがね、あんまりしつこく泣くもんだから、しまいには怒ってな。ひっぱたこうとしたから、止めたんだ」

「……うん」

「『なんだ、そんなつまらないことで』って。そしたら」

「うん」

「あいつのほうが、泣き出してなあ」

美波は食事を続ける気になれず、グラスの水滴を指で拭っていた。

父は右手にフォークを握っていたが、先端を暗い天井に向けたまま動かさなかった。

「『わかったようなこと言わないで。お母さんに逃げられたくせに』って」

これにには、うん、とは答えられなかった。

母がいなくなったのは、有紀がまだ赤ん坊のころだ。その後は父方の祖母が頻繁に訪れて面倒を見てくれたし、それ以外のときはほぼ美波が家事をしていた。最初から存在しなければ、欠けていることにさえ、気づかないものだと思っていた。

きっと、父もそうだったのだろう。

「いろいろと溜まってたんだろうな、あいつも。そこからはもう、止まらなくてね」

そう言う父のほうが、止まる気配を見せなかった。

「『母親がいないからどうこうって言われないように、私がどれだけ頑張ってきたと思ってるの。なにも知らないくせに「そんなこと」とか、無責任に決めつけないで』」

もっと若く頑健なころだったら、たとえまったく同じことがあったとしても、父はそれを美波に打ち明けていただろうか。いつからが老いなの、お姉ちゃんの決めることじゃないよ、と言った、有紀のまっすぐな声を思い出す。

「『昔からお父さんはそうだった、こっちの話なんか聞かずに、自分の考えばっかり押しつけて。だからお母さんもどっか行っちゃったんじゃないの？　私は嫌、違うものは違うって言えない人間になるのは嫌だ。私は、お――』」

自動再生機能が急にオフになったように、父は口をつぐんだ。

だが、お、の後の微妙な余韻が、続く言葉を予感させてしまっていた。

相変わらず不器用な人だ。美波は苦笑する。とっさに電源を切り、それで安心したつもりだろうが、タイミングが一歩遅れているというべきかもしれない。そして、気遣いなんて一瞬の差がすべてだ。そこがずれてしまえば取り返しはつかない。

有紀がなにを言ったのか、当然、美波は思い至っていた。

――私は、お姉ちゃんみたいになるのは嫌だ。

ずっとそばにいた妹が、胸に秘めていた本音。

BGMもない店の中は、いつのまにか入ってきていたほかの客の声で、少しずつ潮が満ちるようににぎやかになりだしていた。父はナイフとフォークを動かし、ローストビーフを大きく切り分けはじめた。

「まあ、翌日にはけろっとしたもんだったけどな、お互いに」

お互いに。内心だけで繰り返し、美波もふたたびカトラリーを手に取った。

父と妹は、あるいはそうだったかもしれない。だが、その様子を間近で見ていた甥はどんな気持ちでいたのだろう。そして、口を挟みようもない場所でそれを聞かされた自分は、今後どんな気持ちでいればいいのだろう。

「美波、少し食えよ」

「え？」

「まだ食えるだろ」

ローストビーフは時間が経つにつれてどす黒さを増していた。とても食欲が湧かなかったが、それを口に入れては飲み込みつづける父が気の毒に思えた。自分の皿の端に置かれた肉の塊を、美波はナイフでさらに小さく切って口に運んだ。

「ありがとう」

お父さんも、と魚を分けようとしたが、ふやけた身はどんどんやわらかくなっていて、うまく切ることができなかった。しばらく黙って美波の手元を眺めていた父は、ふいに、いいよ、と労わるようにつぶやいた。

「いいんだよ。おまえが食べなさい」

かつての父も、よく美波や有紀にこの台詞を言った。

海老フライは半分美波が食べなさい。ハンバーグの半分は有紀。そうやって外食のたびに、自分の食事を娘たちに与えた。父は自分たちがおいしいと感じるものが苦手なのだ、そこまではいかなくても執着を覚えないのだと、あのころは無邪気に信じていた。そうではないと気がついてからは、大人になったら、与えることが当然になるのだろうと思った。あるいは、親になったら。自然と、なんの疑問も苦痛も伴わずにそうなるのだと。

「美波」

これ以上、聞きたくなかった。

「なに？」

だが、逃げるわけにもいかなかった。

「ごめんなあ」

「……なにが？」

「母さんがいれば、おまえもこんなことには、なあ」

母の失踪について、父が謝ったことは一度もなかった。美波はそれを、おそらく有紀が感じているほどには、悪いとは思っていなかった。その事実をひとりで背負うのが、父なりのけじめなのだろうと考えていた。

美波自身がそうであるのと同じように。

「お父さん」

続けるべき言葉を、美波は知らない。

「お父さん」

ざわつきはじめた店内に、呼ぶ声は放り込まれては溶けていく。

父は、訊き返してはこなかった。自分の皿に残った肉の片割れを、どこか安心した表情で口に運んでいた。その顔から、ついさっきまでの苦しげな歪みは薄れていた。重たいものから解放されたように、やれやれ、これなら食べきれる、とでも言いたげに、安らかだった。

父から分け与えられた肉は、食べ終えても美波の皿の端に赤い汚れを残した。白い皿と白っぽいソース、白身魚が細かく散らばる中で、それは不吉な刻印にしか見えなかった。

「美波は精神病なの？」

黙っていたのは、怒りからではない。気持ちとしては、呆然、がいちばん近かった。苛立ちを努めて抑えながら、夫は低い声で繰り返した。

「心の病なの？」

黙って見つめ返すと、夫は結婚して初めて、たじろいだような、怯えたような顔をした。

自分を凝視する「精神病」かもしれない妻の顔は、彼の目にどう映ったのだろう。

「答えてくれよ。美波は、病気なの？」

――かわいそうに。

そんな言葉が頭をよぎった。

自分が夫にそう思ったのか、夫の眼差しがそう語っていたのかは、わからない。

「そうだね」

美波の心の中には、怒りも悲しみも絶望も、なにもなかった。その空白にあえて名前をつけるとしたら、安堵、だったかもしれない。

「きっと、そうなんだね」

笑って答えたのが、決定打だった。

夫の親族が、今回の結婚を「瑕疵ある契約」と称したことを人づてに聞いた。手続き自体が正当でも、そもそも契約の対象に問題があればそれは無効だ。なるほど、うまい慰め方だと感心した。そして、いつまで遡れば私の瑕疵はなくなるのだろう、などと少女じみた妄想に時間を費やすには、離婚直後の生活は忙しすぎた。

きょう、父は楽になれたのだろうか。

ベッドの下で、フローリングを流れる自分の髪に頬を埋めながら、美波は父の謝罪と、その後の安らかな表情を思い返した。

有紀が母親という役割に追い詰められていること、美波が離婚したこと、それらを自分のせいだと決めて謝って、少しは楽になれたのだろうか。ずっと見て見ぬふりをしていたその重みがとうとう爆発したのは、溜め込んだ末に魔女の一撃のように襲いかかってきたのは、あるいは寄る年波というものが原因なのかもしれない。

美波の夫と同じく、理由のわからないものに耐えかねた父。

娘たちが別の家庭を得たとたん、すべてをなかったことにするように、実家を処分した父。

彼がその話題に触れたのは、たった一度、美波が離婚の報告に行ったときだけだ。

——家が残っていれば、おまえもしばらく落ち着けたのになあ。

父の新居であるアパートの、ひとり暮らしにはやや大きすぎるダイニングテーブルで差し向かいになって、手元の麦茶に視線を落としながら、父はなによりも先にそうつぶやいた。その言葉を聞いた瞬間、それまでは頭の中だけに渦巻いていた罪悪感が破裂するように溢れてきて、美波の全身を音さえ立ててびしょ濡れにした気がした。

父を長年にわたって苦しめた、不在の存在感。

それがどういうものか、美波にはよくわかっている。だが、まさか有紀まで捉われているとは想像もしていなかった。

体はうつ伏せのまま首だけ横に向けて、まだ片付いていない床をぼんやりと見た。オレンジ色の豆電球が、積み重なった段ボール箱や本のシルエットを浮かび上がらせている。夜が明けたら、カーテンから差し込む朝日をところどころにある埃が反射して光るだろう。ここから眺める景色は嫌いではない。雑多なだけの部屋でも、こうして底辺から見上げるとなんだか妙に美しく、楽しく思える。

大人になって厚みを帯びた肉体で入り込むベッドの下は、当然だが子どものころよりずっと不自由だった。全身を真っ平らに保たなくてはいけないので、寝返りを打つことも起きしなにはっと頭を上げることもままならない。

それでも、ここでないと眠れなかった。

顎を床に押しつけるようにして、頭をまっすぐに戻す。

そして、頭の近くに置いていた、文乃のゲーム機に手を伸ばした。

電源を入れると、ミュートにしたままのゲーム機が無音で陽気なオープニングムービーを流し出した。窮屈にタッチペンを動かし、いつもどおりセーブデータをひとつ選択する。ローディング中のテロップを見ながら、ボリュームを少しだけ上げてみる。

攻略対象にはインテリや大富豪や不良やお調子者、様々なタイプがいるが、選んだのはヒロインの幼馴染という設定の、髪や瞳の色を除けばもっとも常識的なキャラクターだった。言動も「男子高校生らしい」と思えなくもない程度に設定されていて、現実味があるといえば聞こえはいいが、平凡で特徴がないとも言える。現にゲーム名を少しネットで調べたところ、そういう批評をして彼を不要視しているユーザーもいた。

だが美波はむしろ、そのつまらなさ、毒のなさに安心できた。そもそも美波自身、なぜ繰り返しこんなことをしているか理解していないのだ。親が離婚するかもしれない優等生の文乃が学校に持ち込むほど夢中になっているらしいゲームは、現実を忘れるほど面白いとはとても思えなかった。なのに、不思議と手放せなかった。ほとんど無意識でプレイするうちにあっというまに攻略は進み、エンディングの目前、最後のイベントまで至った。

夕暮れの帰り道を、ヒロインと男の子が一緒に歩いていくスチルが表示される。途中で彼がふいに立ち止まり、あらかじめ設定してあった名前をボイス付きで呼ぶ。小さく流れているBGMも特別な仕様に切り替わる。

『あのさ……ちょっと、聞いてほしいことがあるんだ』

どうしたの、という台詞がテロップで表示される。攻略対象のキャラクターには音声がついているが、脇役たち、そしてヒロインの発言はすべて無音だ。

『うまく言えないんだけど』

そこで、黄緑色だったゲーム機の電源ランプが、薄いオレンジ色になっていることに気がついた。

いつのまに、と思いつつ視界の端に捉えるうちに、それはゆっくりと一定の速度で明滅しだす。四角い画面に切り取られた美少年のななめ上で、線香花火の色をした、小さな光が揺れる。灯っては、消えて、また灯る。

もうすぐ電源が切れるという意味だと、察しはついた。だが、だからといってどうしようもなかった。ただ、既視感しかない愛の台詞が流れる画面を、淡い色のランプが点滅しながら、信号機のように照らすところを見守っていた。

『俺、いままでずっと、おまえはそばにいて当たり前だと思ってた』

明滅の間隔は、しだいに縮まっていく。

いつもは鼻白んでスキップする言葉たちを目と耳で追いながら、なぜか自分の鼓動まで高鳴るのを感じた。それは本来目的とされているのだろう、ときめきや甘い昂揚からくるものではなかった。もっとずっと重く、苦かった。

『これまで、ちゃんと伝えられなくてごめん』

ランプは無音のまま、急かすように瞬きつづけている。

それに伴って、美波の心臓も早鐘を打ちはじめた。胸の奥を中心に、硬直した全身を嫌な焦りが駆け巡っていた。外側は一切の動きを止めたまま、内側で刻まれているものだけがどんどん速まっていく。どこか覚えのある、不吉な感覚だった。

はやく。はやく。はやく。はやく。

手遅れになる、その前に。

『俺、おまえには迷惑をかけたと思う。不器用だし、口下手だし』

そんな言い訳はどうでもいい。言うべきことは、すぐに言わないと。

いまそばにいるからって、いつまでもいるわけじゃない。自分の感情に捉われて、いつでもいいと思って蔑ろにして、そうやってふっと振り向いたら、そこにはもう、誰もいないかもしれない。

『……やっぱり照れるな、あらためてこんなこと言うの』

いまさらなんなの、と真剣に腹が立った。隣で待ってくれている人がいるのを当然だとでもいうのか。待ってもらえる時間が、無限だとでも思っているのか。

『でも、ちゃんと言わないとな』

ランプの明滅は、美波が焦るほどに速まっていった。待って待って、と願いながら、タッチペンを握る手が汗で湿っていく。どうかもう少しだけ。せめてあと一言だけ。すぐに言うから。ちゃんと言うから。私が、あなたをどう思っているか。あなたになにをしてほしいか。

『だから、』

行かないで。

『だから……』

――お母さん。

ぶつん。

音を立てて、映像も、声も、音楽も、すべてが途切れた。

美波はタッチペンを握ったまま、暗転した画面をぼんやり眺めた。

強い光にさらされていた視界に、ついさっきまで見ていたシーンの残像がちらついた。耳には低く流れていた音楽と、甘い声色の余韻が残っている。だが、波打ちつづける鼓動がすぐにそれらを押し流し、あっというまに美波の意識を現実に引き戻した。

ただ、黒い空洞となった液晶に、美波の目から放たれている白っぽい光の余韻だけが淡く灯っていた。自分がどんな表情をしているか、直視してしまいそうだった。

もちろん、そんなものは見たくなかった。

腕を伸ばし、ゲーム機をできるだけ遠くに放るように置いた。

それから、腕を額の下に敷き、そこに顔を伏せて笑った。

最初は息だけで。しだいに声を出して。ついには不自由な脚をばたつかせながら、呼吸困難になるほど笑い転げた。そうしながら、夫のすがるような質問を思い出していた。

――美波は精神病なの？

怯えた目をした頭の中の彼に、あらためて答え直した。

そうだね。きっと、そうなんだね。

そしてまた、こみ上げてくる笑いに身を任せた。きっと、なんて注釈は要らなかった。完全に頭がおかしい。いい歳をしてこんな場所で、子ども向けの甘ったるいゲームなんかに乗せて、いったいなにを期待していたのか。

――お母さん。

母は美波が六歳のとき、なんの前触れもなく出て行った。

そしてそのまま、二度と戻ってはこなかった。

理由はわからなかった。彼女の夫は外に出ればただの公務員で、家に帰れば夫で、娘ふたりの父親で、それらすべてに「真面目で善良な」と前置きがつけられるような人間だった。昔気質な面はあるが愛嬌の範囲内で、暴力や暴言を振るうでもなく、浮気や借金にもまるで縁がなかった。小学生になったばかりの長女は健康で友人も多く、とくに問題のない子どもだった。そしてなにより、次女はまだ生まれて一年しか経っていない赤ん坊だった。愛されるためだけにいるようなか弱い彼女は、母親から捨てられるには幼すぎた。残された家族のどこにも、手掛かりは見当たらなかった。

だが、「ない」ことを証明するのは難しい。

一見平穏な家庭が、その内側に大きな闇を秘めている。よくある話だ。そしてひとたびなにか起きてしまえば、原因らしきものはいくらでも挙げることができる。大人たちの探るような眼差しにさらされるたび、自分たちは穴だらけの家族で、その穴の底に母を飲み込んでしまったという心地がした。

あちこちに空いたそれを埋めるように、美波は家事も勉強も怠らず、大人にとって手の掛からない娘でありつづけた。周囲に望まれる頃合いで結婚もした。案の定、誰もが美波を「いい子」だと言った。母親が急にいなくなるなんて、どうしてあんないい子がそんな日に遭うのか知れないと。

父も、有紀も、誰も知らない。

美波自身だけが、知っている。

――きょう、寒いから。出ておいで。

差し出された手、呼びかける声を、美波が無視したあの日。

溜息ひとつこぼさずに、ただ黙って部屋を出たきり、母は行ってしまった。

大人たちが騒ぎ出したことと反比例するように、美波は静かに悟っていた。去っていく足音を引き止めるどころか一顧だにしなかった、自分こそが母を家から追い出したのだ。父の人生からも、妹の人生からも、美波自身の人生からも、永遠に。

狭い空間で、肺から空気を搾り取られる拷問を受けているように、美波は体をよじって笑いつづけた。滲む涙を拭うこともできなかった。笑いすぎてそのまま死んでしまいたかった。惨めな死に様にきっと誰もが、どんなに親しくても誰もが、少しは冷笑してくれるだろう。それでいい。それが、いい。

あの日の出来事を打ち明けたら、有紀や父はどう思うだろう、と想像してみた。有紀は責めてくれるだろうか。父は、自分の責任ではなかったと安心するだろうか。

問いを立ててみながらもわかっている。そんなわけがない、むしろ逆だ。善良な父も無邪気な妹も口々に、それが原因のはずはない、気にしなくてもいいと言うだろう。いつまでもそんなことを信じる美波を、笑うか、慰めるか、叱り飛ばすか、するだろう。そしてまた、真実は穴の中の闇に消えてしまう。

そのなにもかもが、黙っているよりもっと苦しい。

きっといまより、ずっと苦しい。

——美波は精神病なの？

実家がなくなって、美波のベッドもその下の空間ごと捨てられた。

そのころから確実に、夫に抱かれることが苦痛になりはじめた。償っても償ってもきりもなく、母を飲み込んだ穴は空きつづけた。そしてついに、穴を穿たれるべき地面ごと消えてしまった。どこをどう埋めたらいいかわからなくなったとたん、それまでのすべてを投げ出したくなった。

結婚して出て行っても、ずっとあの場所はあると思っていた。実家そのものではなく、美波の最初の記憶が始まった場所。

ベッドの下の、セーブポイント。

——美波、おいで。

母を裏切ったその日に、美波の人生は始まった。ずっと、それを贖いつづけてきた。

だがそれでも、消えるときには消えてしまうのだ。そして、妹からは軽蔑され、父からは憐れまれ、夫からは恐れられて、とうとう自分はひとりになった。

かつての罪が、いまごろになって、当然の報いとして降りかかってきた。

霞んできた意識の片隅で、美波は、父が実家を処分した理由を確信していた。きっと、美波と同じ挑戦をしていたのだ。家庭に空いた穴を埋め終えればなにもかも解決するという、長い長いゲーム。そして、それに疲れてしまったのだろう。理由もわからないまま妻を待ちつづけ、報われるかも知れないまま、よき父親でありつづけることに。

責めることはできなかった。父にはその権利がある。不毛な長期戦を放棄する権利。だが、美波のほうは終わらない。あの家が、ベッドが、その下の空間がなくなったからといって、そこで犯した罪は消えない。ゲームのようにはやり直せない。

がらがらと積み上げた石を崩し、いつもの無間地獄が迫ってくる音がした。

もう呼吸ともいえない、ただ肺が脈動するばかりの引きつった息を漏らしつづけながら、美波は深い穴に落ちるように意識を失った。次に目が覚めたとき、自分がどこにいるのかは考えたくなかった。ここでなければ、どこでもよかった。

文乃とまたふたりきりになったのは、秋の連休からしばらく経った放課後だった。

部活の様子を見に行くことや廊下ですれ違うことはあっても、ほかの生徒がいる前で没収品の存在をほのめかすのはためらわれたのだ。部活の後、英語準備室に鍵を返しに来た彼女にメタリックピンクのゲーム機を渡すと、眼鏡の奥の目が丸くなった。

「どうして先生が持ってるんですか？」

「不破先生から預かったの」

ロザリンドがぬいぐるみに喩えたふっくらした顔には、それこそひとつずつ丁寧に手縫いしたように、やや外寄りにぽつぽつとパーツが点在している。不破の名前を聞くやいなや、文乃はそれらをぎゅうっと内側に寄せてしかめ面を作った。

「あいつ、なにか言ってました？」

「『あいつ』はやめなさい」

「あの人、なにか言ってました？」

どうあっても名前は呼びたくないらしい。

「いいえ、べつに」

「嘘だあ。先生、正直に教えてくださいよ」

「中島さん、彼氏が隠し事してるかもって思ったら、携帯電話とか見るほう？」

「えー、なんですか急に……んー。いないからわかんないけど、たぶん見ません」

「それはどうして？」

「いいことがなさそうだから」

「そういうこと。探ったってろくなことがないなら、放置が正解」

もう、と口を尖らせながらも顔に込めていた力をゆるめ、文乃はなにげない様子でゲーム機をいじりながら「あ、電源切れてる。わりともつはずなんだけどな」と疑うふうでもなくつぶやいた。どきりとしながら「早くしまいなさい」と言い、それから自分の教師ぶった態度に後ろめたさを覚えて、つい、普段よりも親しい口調で訊いた。

「朗読劇の練習はどう、スランプは脱した？」

「まあ、ちょっとコツがつかめてきました」

言いながらも、その表情は明るくなかった。黙って先を促すと、文乃は髪を落ち着かなさげに指で払った。

「女なのに男のふりしてまた女のふりするとか、すごくややこしい気がしてたけど、なんか意外と。あんまり自分と変わらないかも、って」

「……え？」

「そうでないとやってらんないっていうか。こんなの役割だ、とか思ってないとしんどいっていうか。そう思わないとできないこともあるっていうか」

ていうか、を繰り返した後、文乃はうつむいて沈黙した。

そろそろ帰してあげたほうがいいかもしれない。美波が帰宅を勧める台詞を口にしようとしたとき、ふいにテディベアのような双眸が、ただ愛でることを許さない強さでこちらを見つめた。

「先生」

美波はとっさに居住まいを正し、はい、と答えた。

「先生はさっきの話、どうですか」

「さっきの、って」

「ケータイ見る、見ない」

「……ああ」

深刻な調子でなにを言うかと思えば、と当惑していると、重ねて訊かれた。

「離婚したって本当ですか？」

ドッジボールの試合中に、味方から球をぶつけられたような気分だった。

「どうして知ってるの？」

「え、あ、……うーん」

「ああ、やっぱりいいわ。自分で言ったばかりだった。聞いてもいいことなさそう」

文乃は自分の発言に自分で狼狽したらしく、頬を赤らめて手で口元を覆っている。

怒る気はしなかった。なにせこちらは、彼女のひそかな趣味をさんざん覗き見している。多少の失言くらい目をつむるべきだろう。

「さっきの話だけど。見なかったな、考えたこともなかった」

「旦那さんに浮気されてたわけじゃ、ないんですか」

文乃は問い詰める様子ではなかった。遠くを見ているような、それでいて自分の手元しか見ていないような、不思議な表情をしていた。

「違うと思うよ、たぶん。知らないけど、でも、それは関係ない」

「先生のほうに好きな人ができたとか、そういうことは」

「ないけど。どうしてそんなこと訊くの？」

責めたつもりはなかったが、文乃は「……ごめんなさい」と目を伏せた。あわてて「違うの」と答えはしたものの、なにが違うのかは自分でもわからなかった。

「私が悪かったの。たぶん」

口走ったのは、ほとんど無意識だった。

だが、そのぶん取り繕いようがなかった。文乃もそれを察したのだろう。一瞬だけ顔を上げ、目を見張った後、またすぐにうつむいてしまった。しばしの沈黙の後、やがて彼女は普段に似ない低い声、誰からも愛されるぬいぐるみらしくない口調で、なんですかそれ、とつぶやいた。

「誰がそう言ったんですか？」

「誰、ということもないけれど」

「そういうのってずるくないですか」

「え？」

文乃が手に持ったままのゲーム機は、細かく震えていた。それが、あまりに強く握られているせいだと理解するのに数秒を要した。爪を立てたり拳を作ったりするのには向かない、丸みを帯びた愛らしい手が、必死で力のぶつけどころを求めているようにも見えた。

「『私のせい』も『おまえのせい』も同じ。もうなにも言うなって言ってるのは同じ」

「中島さん」

「そんなのこっちはどうしたらいいの」

床に向けられたままの黒い瞳は、いつのまにか、こぼれ落ちそうに潤んでいた。

美波は文乃の前に立ち尽くし、慰めることもできずにそれを眺めていた。親が揉めててリコンするかもって、という彼女の友人の台詞を思い返し、文乃が自分の言葉の、どこに傷ついたのかを考えた。

「……理由が欲しいの？」

美波は文乃の前に屈み込み、彼女の眼鏡を外した。

文乃はそれを拒まなかったが、美波を見据えただけで、目元を拭いはしなかった。

「欲しいです」

「どうして？」

「どうしてって、だって」

言葉に詰まる文乃を、美波は黙ったまま見つめ返した。

だが反面、よくわかる気もした。理由を欲しがる理由、その理由を求められて答えられない理由。誰も彼もが理由を求めるが、いざ自分がそれを求められたら差し出すのは難しい。

――美波は精神病なの？

そう訊ねた夫は、結婚生活が破綻した理由をそこにしか見出せなかった。かといって、美波は病気だ、と断定してみずから悪人になる勇気も持てず、彼女の側から納得のいく答えを与えられたがっていた。それを咎めることはできない。泣きながら父や姉を責めた有紀も、すべては自分のせいだと謝った父も、そして美波自身も、ままならないことに理由が欲しかったのだから。

そして、手っ取り早い方法はふたつにひとつ。相手に全責任を押しつけるか、ひたすら自分を責めつづけるか、そのどちらかだった。

「どうしたらいいかわかんない。ちゃんと話してよ。覚えがあることも謝りたいこともいっぱいあるのに、『おまえは悪くない』で終わられたらもうなにも言えないよ」

ただ、相手を責められないことと自分のせいにすることは、まったく別の問題だ。

美波は文乃に手を差し伸べたくなるのを堪えて、彼女の眼鏡を持ったままでいた。微笑みかけたり涙ぐんだりしないように、あえて自分の眉間にしわを寄せる。

「中島さん、なにがあったか知らないけど」

そう言ったのは、嘘でもあり真実でもあった。

「やめなさい。妙なこと考えてるでしょ、自分のせいだとか、なんとか」

愛玩されるために生まれたような見た目の彼女に、だからといって安易な同情を寄せることを、してはいけないと思った。そして、彼女をそのように扱ってきた周囲、いままでの自分を含めたすべてのものに対して、急激に腹が立ってきた。

「そんなわけないでしょ。あなたみたいな子どもが、そんなふうに思うのは傲慢です」

こんな女の子が、たとえ一度や二度間違えたからって、そのくらいで挽回の機会一切を奪われるなんて。そして、それに対してただ、無力に自分を罰しつづけないといけないなんて。

そんなことが、まかり通ってたまるか。

「あなたの手に余ることなの。そうでないとおかしいことなの。考えるのはやめなさい」

文乃はただ、気圧されたように視線を下に逸らした。

美波は立ち上がり、近くにあったパイプ椅子を引いた。

「座ったら?」

「……いいです」

「強制じゃないけど。そのまま廊下を歩くと、たぶん目立つよ」

そう言うと、文乃はぜんまい仕掛けのようにぎくしゃくと腰を下ろした。

美波は座らなかった。文乃のかたわらに彼女の眼鏡を置き、長机の片隅にまだあったペーパーバックの『お気に召すまま』を手に取る。ぱらぱらとめくっているうちに、ほとんど自動的に言葉がこぼれてきた。

「シェイクスピアって、昔の英語だってことを差し引いても回りくどい表現ばっかりね。相手に気持ちを伝えるためだけなら、もっと単純にできそうなものじゃない?」

文乃が少し頭を揺らして、横目で美波の手元を見る気配がした。

「ひとつの文章にいくつも意味が込められていて、でも、その全部を読み取れる人なんてほんのひと握り。いないかもしれない。どの意味を信じるかによって、見える景色もまったく違う。まるで、それでけっこうです、どうぞご自由に、って投げっぱなしにされてるみたい」

淡々と続ける一方で、面映ゆい心地がした。英語の教師である自分が、教師ではないような顔をして、その上でなお教師ぶって、「家庭の事情」を抱える生徒に偉そうにものを言っている。だが、どの層が欠けても同じ言葉は出てこない。二重三重に役割を負った、その上でないと表れないもの。それを嘘だとか、まっさらな本音よりも価値が薄いとか、断じる権利は誰にもないはずだ。

「曖昧だしややこしいし、いいかげんだよね。でも私は、それでいいと思う」

「……どういう意味ですか？」

「べつに、それだけ」

美波はぱたんと本を閉じた。

文乃は答えない。腹は立たなかった。むしろ、素直な反応に安心していた。自分だって十代のころ、教師から知ったふうなことを言われたら答えたくなかっただろう。美波の台詞からなにを読み取ろうと、読み取るまいと意地になったとしても、彼女の自由だった。ただ、狭い英語準備室で離婚直後の教師が、どうやら自分を慰めようと話しかけてきた。その程度の記憶がぼんやりとでも、これから流れるだろう彼女の長い時間に杭として穿たれ、ささやかな助けになればそれでじゅうぶんだった。

そうでなかったとしても、かまわない。

「『お気に召すまま』って、いい題名だよね」

やはり返事はなかったが、反抗しているふうでもなかった。もしそうならもっと、かつてベッドの下で母に抵抗した幼い美波と同じように、全身に力が入っているはずだ。右手にはかろうじてゲーム機を握っていたが、左手をだらんと膝の上に投げ出し、足を少し開いて首をうつむけている様子は、それこそテディベアのようだった。

その後頭部を見下ろしたとき、美波は違和感を覚えた。

そしてすぐ、原因に気がついた。

「中島さん、髪染めた？」

「え」

「ちょっと、根元だけ色が違うから」

文乃はぱっと立ち上って頭を押さえたが、「気づかなかった。綺麗に染めたね」と言い添えると力をゆるめ、そろそろと手を離した。他意がないことを察したのだろう。

「いつやったの？」

「連休中……あーもう、なるべく自然にって頼んだのにな」

文乃はようやく眼鏡を掛け直し、美波に向かってぼやいてみせる。その目にはもう涙の気配はなく、縫いたてのぬいるぐみのようにつるんとしたものに戻っていた。

「なんだ、お休み挟んでるの。じゃあ、もっと思いきってもばれなかったかもよ」

「先生そんなこと言っていいの？　嫌ですよ、グレて染めたんだとか思われたくないもん。友達や後輩もだけど、不破とかにわかったような顔されたらもう最悪」

しばらく逡巡した末に、「呼び捨てはやめなさい、いちおう」と注意した後で、美波は文乃のつむじを守るように頭の上に手を置いた。

文乃が目を見開いた。美波はいままで、こんななれなれしい仕草を生徒にしたことはなかった。だが、少しくらいならいいだろう。

「言わせておきなさいよ」

説教くさいと思いながらも、伝えずにはいられなかった。

「見えるもの全部にもっともらしく理由をつけないと安心できない人なんか、放っておきなさい。そういうこともあるってだけよ」

文乃は二、三回まばたきした後、悪戯っぽく上目遣いをしてみせた。

「それ、誰の話ですか？」

美波は苦笑して人差し指を唇に当てた。文乃は手に持ったゲーム機で口元を覆って忍び笑いをした。そうしながらふと窓の外に目をやって、うわ、と飛び上がった。

「もう真っ暗。やばい、帰んなきゃ」

帰る、という言葉自体より、そのなにげなさに胸が痛んだ。

気をつけてね、とだけ言いながら、そこに込めた想いが少しでも伝わるように願った。それを知ってか知らずか、文乃は素直にうなずいてきびすを返す。その背中を見送ろうとしたとき、ふいに美波は彼女に言い残したことを思いついた。

「ロザリンドのことだけど」

扉を半分開けた姿勢で、文乃は怪訝そうに振り向いた。

「役割とか、男とか女とか、深く考えなくても、やりたいようにやればいいんじゃない？　好きに演じればきっと、お客さんのほうが勝手に脳内で補完してくれるよ」

「え……ああ。ロザリンドって、朗読劇の？」

「そう、フィクションのほう」

「えー、顧問のくせにそんな適当でいいんですか？」

「物語なんかそのためにあるんだから。とくに、ああいう力のあるお話は。みんなの考えたいように、好きに乗っからせておいてあげればいいのよ」

私もそうしていたみたいに、とは、さすがに言わずにおいた。

文乃は口を尖らせる一方で目尻を下げ、

「先生、なんかきょう、教師っぽくなくないですか？」

と、自分の魅力をよくわかったような愛らしい仕草で首を傾げた。

フィクションではないほうのロザリンドから、学校宛てにエアメールが届いた。

美波は封筒を持ち帰り、歯磨きや洗面を済ませてから、荷物に占領されたベッドの端に座って、スウェット姿でそれにハサミを入れた。開けるやいなや、自分と同じく金髪をした赤ん坊を胸に抱いて喜色満面のロザリンドと、やはり金髪の、夫らしき若い男が横から顔を覗かせたスリーショット写真が落ちてきた。

誰が見ても満ち足りた家族でしかないその構図は、戯曲のハッピーエンドのように完璧だった。それを眺めながら、夫と結婚式を挙げたときの自分も周囲からこんなふうに、大団円を迎えたみたいに見えていたのだろうと思った。そういう一瞬がたしかにありながらけっきょくひとりに戻ったことを、離婚の直後は深く恥じて、重大な瑕疵のように感じていた。

だが、たまに訪れる幸福も、忘れがたい失敗も、過去になってしまえば振り向いてなにを思うかの違いでしかない。

ロザリンドもいつの日か、この写真を撮った瞬間を顧みるだろう。そして、そのまぶしすぎる記憶に足をとられて転んだり、逆に救われたり、するかもしれない。

彼女は生徒からのメッセージと美波の手紙に、便箋四枚にわたって返信を寄せていた。英語にも金釘文字ってあるんだな、と初対面時の美波に思わせた懐かしい筆致で、お礼の言葉を数行、美波の健康への気遣いを一文、後は多幸感に溢れた長い近況報告だった。末尾には「日本の大和撫子が演じるロザリンドを、とても楽しみにしています」と追伸が添えられていた。朗読劇の本番である文化祭は、来月に迫っている。

美波はベッドから立ち上がった。手紙と写真を封筒に入れ直し、明日生徒たちに見せるために、授業用の資料を持ち運ぶクリアファイルにしまった。

そして、ベッドの上に置いていた段ボールを一個ずつ、腰を痛めないように気をつけながら床に移していった。文化祭の代休の日に業者を呼び、不要なものはまとめて処分するつもりでいる。

最後の荷物をどけ終えて、久しぶりに本来の姿を取り戻したベッドは、重みから解放されてまず、深い呼吸をついたように思えた。

搬送されたその日に掛けたアイボリーのボックスシーツには、妙な具合に深いしわが寄ってしまっている。茶色とベージュのストライプのカバーをした布団は、長らく続いた重圧のせいでやわらかさをすっかり奪われてぺしゃんこになっていた。美波は本来より不自然に薄くなったそれの端を両手で持ち、洗剤のCMのようにばさりと音を立てて上下に数回振った。空気を入れ、それからまたマットレスに布団を掛け直したが、潰れた印象は拭えない。

だが、しだいに元に戻っていくだろう。

天井灯を豆電球にして、しわの刻まれたシーツと、ぺらぺらになった布団との間に滑り込んだ。

枕に後ろ頭を埋めた。枕はさして高級なものではないが、びっくりするほど首や肩が軽い。腰は負荷が減ったことで、ずっと掛かっていた重みがむしろ身に染みて痛みを訴えてくるようだった。だがそれでも、格段にいままでより楽だった。

笑ってしまうほどだった。なんだ、こんなものか。

横向きになり、左半身をマットレスに沈めながら目を閉じた。ベッドの下の空間に耳を澄ませてみたが、もちろん、なんの音もしない。薄目を開けても、片付いていない部屋のシルエットが浮かび上がるだけだ。ふたたびまぶたを閉じながら、美波は、いつか、このベッドの上で誰かとセックスするかもしれないな、と考えてみた。

とくに楽しくも、辛くもなかった。ただの空想だった。幼すぎて直視できなかった母の最後の表情も、出会ってもいない未来の恋人の顔も、同じくらい遠いものだった。そういうことも、あったかもしれない、あるかもしれない。それだけだった。

疲れからくる眠りに音もなく引き込まれながら、美波はロザリンドへの返事に、文乃が髪を染めたことを書こうと思った。

遠巻きに録画した映像だけでは、その些末な変化を判別できないかもしれない。日本人らしさというのがどういうものかはわからないけれど、私はいまの髪の色も、彼女に似合っていると思います。正直に、そう伝えるつもりでいる。

本書は、二〇一五年十一月に小社より刊行された。

解説

児玉雨子

※「名前も呼べない」の重要なディテールについて触れています。未読の方は「名前も呼べない」を読まれたあとにお読みください。

罪悪感を抱え込めるのが成熟した大人である、という言説を、数年前にネットの掲示板で読んだことがある。これは決して、いたずらに他者を傷つけて自己憐憫に浸るナルシシズムではない。自らをイノセントな存在であると信じていて、犯した罪や過失を他者に転嫁してなかったことにするとか、すぐに許してもらおうと懇願したり、時には試し行動をしたりするとか、そういったことをしないのが成熟である、ということだ。悪名高い匿名掲示板だったが、そこに書かれたことばは私の善悪観、そして成熟／未成熟の定義を大きく変えた。当時は——今もそれを引きずっているけれど、「悪い大人を倒しにゆく純粋無垢な子どもの戦い」というムードが、とても濃かったように感じる。だから「いつまで経っても少年のよう」が男性に対する賛辞のひとつだったし、大人の女性たちで会食することを「女子会」と呼び、幼形成熟《ネオテニー》の文化がポップカルチャーの軸になった。社会、家制度などそうなる背景は一考すべきであるものの、成熟を拒絶した親が自分と子どもの境界を引けずに起こるのが毒親問題、恋愛では依存やストーカー、上下関係のある場ではハラスメントとして、その未熟性が表出するのかもしれない。私は精神科医でも社会学者でもないので、プロからすると的外れな解釈かもしれないけれど。

一方で、そんな「私は悪くない」「俺だって悪くない」と投げつけられた罪悪感を唯々諾々と受け取って、この世に起こる悲劇はすべて私が悪い、と積載オーバーなほど抱え込むのも、責任転嫁の裏返しなんじゃないか、とも私は思う。つまり罪悪感の有無というより、自分と他者との間に線を引いて「これは私の罪、でもそれはあなたの罪で、そのことに関して私は知るよしもない」と峻別できることが、成熟するということなのかもしれない。そして、その線のあわいにあるものを見つめたり物語ったりすることが、小説の仕事なのかもしれない。そんなことが、本書を読んでいる時に次々と頭によぎっていた。

本書に収録された二篇の主人公は、瓦解した家族からなんとか自立したものの、背負いすぎた罪悪感で潰れた自らを、松葉杖をついて支えているのがやっとで、どこにも進めない状態にいるようだ。しかも、二篇とも瓦解の理由は、いちおうそれなりに仄めかされているものの、読者に懇切丁寧に開示されないまま物語が進むことが共通している。

「名前も呼べない」の恵那のばあい、十二歳の時に父に窓から放り落とされたことが直接の原因として両親が離婚しているが、母や宝田との間には、父からの性的虐待があったと読める会話もある。さらに母は娘が誘惑したのだと決め込んで恵那を責め、父を追及せず離婚後も連絡をとっている。そしてその母を、祖母や親戚が責める。落下した衝撃で恵那の記憶の同一性も信憑性があるとは言えず、そのきっかけの真相は覆い隠されて、読者に語られない。というよりも、語り手である恵那にも全貌が見えていない。勤務していた保育園で言い寄ってきた保護者も、ピアノ講師の亮子の夫で上司でもある宝田との関係も、事実を超えてしまった解釈が、恵那に責任のようなものを負わせる。彼女は性的接触が苦手で、さらに男性を性的対象にしていないことが明らかになるので、彼女が「泥棒」であると他者が解釈した出来事の多くは、いずれもただの誤解であることがわかる。

恵那がその誤解に対して怒ることができない代わりに、読んでいて気持ちいいほどメリッサが怒ってくれる。怒るだけではなく、実体のない空っぽの罪悪感に圧し潰されて立ち上がれない恵那に、さまざまなアドバイスやきっかけを与えてくれるので物語が進むのだ。一方で、メリッサも恵那と同様にその解釈の目に晒されている。逆説的だが、林はゴスロリ服と縦ロールのウィッグを被り、「キワモノ」として目立つメリッサに変身することで世間から韜晦《とうかい》している。クローゼットである林にとってメリッサという人格は、ゲイもトランスも女装も十把一絡げに「オカマ」と呼ばれ、性自認と性的指向が綯《な》い交《ま》ぜで、偏見に満ちた世の中を生き抜く、ひとつの鎧だった。過去にキャバクラで働いたのは、男性を性的対象にできないことを「克服」するためだったと告白した恵那に、メリッサはこう返す。

「いいじゃん。したくなけりゃ、しなければいいのよ。あたしもそう。手術して女になれとか職場でカミングアウトしろとかやたら言ってくる奴いたけど、よけいなお世話だよ。やりたくないことはしたくない。自分として生きてくだけで沢山だもの」（一二三頁）

そう語ってくれたメリッサに、恵那は林として性的交渉を強要してしまう。その拡大自傷とでも呼べるような行為のさなか、自分のトラウマを抉《えぐ》るだけでなく、林を傷つけたのだと気づいた恵那は、初めてと言ってもいいかもしれない、実体のある罪悪感を抱く。それまで「ぬらりと魚っぽく笑」ったり、嘘泣きしたりして取り繕ってきた恵那が、その罪悪感で初めて制御できない感情に振り回される。

もうひとつ、恵那が感情をあらわにする場面がある。他人の夫を寝取る女だという誤解にまみれた恵那の、唯一ほんとうの不貞の相手、亮子との会話のときだ。

恵那の視点から見る亮子は、とてもクールに「そちら側」――異性愛者の、家庭のある妻に擬態して立ち振る舞っているようで、しかし彼女の両性愛者としての葛藤も燃えている。同じ性的少数者でも、女性同士の関係の中でも、他者からは見えない異なる苦悩が渦を巻いている。それに気づいたと同時に関係を切られた恵那は、メリッサの時ほど泣き喚かないし、未練がましく暴れない。父からの虐待を当然のように否定した亮子との「あまりの違いに耐えられな」かった恵那が、亮子を自らから他者としてやっと切り離せた場面だ。「正しく失い直す」のは恋々とした感情というより、「私の気持ちをわかってくれるかも」と自分の中に取り込んでしまった相手を、他者として見直すことかもしれない。

亮子との関係が読者の目にあきらかになる場面は、ややもすると巧みな叙述トリックとして捉えられそうだけど、その評価こそが作中、恵那に背負わされた数々の誤解の再現でもあるように、私は思う。物語の終盤に近づくくほど恵那は他者との境界を持ち始めるが、反比例するようにこの物語と読者の境界がぼかされ、「ほんとうに、私に共感しているの？」と恵那が問うてくる。

「お気に召すまま」の美波は、恵那とはまた違った誤解や憶測に晒されているが、より毅然と明確にその誤解に切り返している。家を出てゆく母の手を取らず、子どもでいられる「セーブポイント」を失って、いきなり大人にならざるを得なかったアダルトチルドレン……と、聞き齧ったそれっぽい用語を弄してそれっぽい分析をすることは簡単だけど、既に用意された言葉や物語に当てはめているだけであって、それは決して理解ではない。恵那同様、本人にも見えていない、そして本人こそ知りたいだろう母との別れの真相と喪失感の穴に、他者が勝手に納得できる解釈を「理由」として放り投げてくる。自分達の結婚生活の破綻を美波の「精神病」として片付けようとした元夫。それを「瑕疵」とした元夫の親族。教え子である文乃の家庭環境や情緒不安定の理由を勝手に決めつけ、矯正しようとする不破。娘たちに何も伝えずに突然実家を手放した父。父子家庭育ちのコンプレックスを持つ有紀を、「いかにも末っ子」とキャラクター付けする周囲。シェイクスピアが生んだロザリンドの人物像。当事者にも手に余る複雑な出来事に、もっともらしい解釈をこすりつけて納得しようというのは、もしかしたら暴力の一種かもしれない。他者のすべてを知ろうとする、あるいは知ることができる、というのは思い上がりだし、支配欲のあらわれだ。

文乃に対する不破の姿勢や、有紀と父の間に起こったトラブルで、美波は他者としてその様子を見つめる。そうしているうちに、かつて母の手を取らなかったことを自分の「罪」と再定義する。自分が「間違えた」せいで家庭が崩壊したと思っている文乃を叱った言葉は、美波自身にも向けたものだったのだろう。

起こる事態すべてにわかりやすい説明を求めたり、勝手に物語を編みはじめる相手へのNOや、わかりやすいところに責任を押しつけたり背負ったりすることへの指摘に「そうなんだよそうなんだよ、ずばっと言ってくれた～！」とはしゃいで、落ち着いたころにふと気づくと、その言葉の切っ先がぐっさりとこちらの胸に刺さっている。痛快とはこのことだろう。

この、どこまでも他人、共感しても他人、親友でも他人、愛していても他人、寄り添っても他人、家族でも他人……という、伊藤さんの数々の「他人だよ！」物語は、読むひとにとってはとても辛辣かもしれないし、大きな救いになるかもしれないし、その両方かもしれない。「あなたと私は違う人間だから」と世界に線を引きながら、その線が誰かと交差する瞬間を描かれてきた伊藤さんのデビュー作は、線を引きながら歩き出す、その寸前の叫びと震えが物語られていた。

（こだま・あめこ　作詞家／小説家）

おまじない　西加奈子

さまざまな人生の転機に思い悩む女性たちに、そっと寄り添ってくれる、珠玉の短編集、いよいよ文庫化！　巻末に長濱ねると著者の特別対談を収録。

通天閣　西加奈子

このしょーもない世の中に、救いようのない人生に、ちょっぴり暖かい灯を点す驚きと感動の物語。第24回織田作之助賞大賞受賞作。（津村記久子）

沈黙博物館　小川洋子

「形見じゃ」老婆は言った。死の完結を阻止するために形見が盗まれる。死者が残した断片をめぐるやさしくスリリングな物語。（堀江敏幸）

注文の多い注文書　小川洋子　クラフト・エヴィング商會

バナナフィッシュの耳石、貧乏な叔母さん、小説に隠された〈もの〉をめぐり、二つの才能が火花を散らす。贅沢で不思議な前代未聞の作品集。（平松洋子）

図書館の神様　瀬尾まいこ

赴任した高校で思いがけず文芸部顧問になってしまった清（きよ）。そこでの出会いが、その後の人生を変えてゆく。鮮やかな青春小説。（山本幸久）

僕の明日を照らして　瀬尾まいこ

中2の隼太に新しい父が出来た。優しい父はしかしDVする父でもあった。この家族を失いたくない！　隼太の闘いと成長の日々を描く。（岩宮恵子）

星間商事株式会社社史編纂室　三浦しをん

二九歳「腐女子」川田幸代、社史編纂室所属。恋の行方も友情の行方も五里霧中。仲間と共に「同人誌」を武器に社の秘められた過去に挑む!?（金田淳子）

ラピスラズリ　山尾悠子

言葉の海が紡ぎだす、〈冬眠者〉と人形と、春の目覚めの物語。不世出の幻想小説家が20年の沈黙を破り発表した連作長篇。補筆改訂版。（千野帽子）

聖女伝説　多和田葉子

少女は聖人を産むことなく自身が聖人となれるのか？　著者の代表作にして性と生と聖をめぐる少女小説の傑作がいま蘇る。書き下ろしの外伝を併録。

ピスタチオ　梨木香歩

棚（たな）がアフリカを訪れたのは本当に偶然だったのか。不思議な出来事の連鎖から、水と生命の壮大な物語「ピスタチオ」が生まれる。（管啓次郎）

包帯クラブ　天童荒太

傷ついた少年少女達は、戦わないかたちで自分達の大切なものを守ることにした。生きがたいと感じるすべての人に贈る長篇小説。大幅加筆して文庫化。

つむじ風食堂の夜　吉田篤弘

それは、笑いのこぼれる夜。——食堂は、十字路の角にぽつんとひとつ灯をともしていた。クラフト・エヴィング商會の物語作家による長篇小説。

虹色と幸運　柴崎友香

珠子、かおり、夏美。三〇代になった三人が、人に会い、おしゃべりし、いろいろ思う一年間。移りゆく季節の中で、日常の細部が輝く傑作。（江南亜美子）

変《か》半《わり》身《み》　村田沙耶香

孤島の奇祭「モドリ」の生贄となった同級生を救った陸と花蓮は祭の驚愕の真相を知る。悪夢が極限まで疾走する村田ワールドの真骨頂！（小澤英実）

君は永遠にそいつらより若い　津村記久子

22歳処女。いや「女の童貞」と呼んでほしい——。日常の底に潜むうっすらとした悪意を独特の筆致で描く。第21回太宰治賞受賞作。（松浦理英子）

アレグリアとは仕事はできない　津村記久子

彼女はどうしようもない性悪だった。すぐ休み単純労働をバカにし男性社員に媚を売る。大型コピー機とミノベとの仁義なき戦い！（千野帽子）

さようなら、オレンジ　岩城けい

オーストラリアに流れ着いた難民サリマ。言葉も不自由な彼女が、新しい生活を切り拓いてゆく。第29回太宰治賞受賞・第150回芥川賞候補作。（小野正嗣）

星か獣になる季節　最果タヒ

推しの地下アイドルが殺人容疑で逮捕!? 僕は同級生のイケメン森下と真相を探るが——。歪んだピュアネスが傷だらけで疾走する新世代の青春小説！

とりつくしま　東直子

死んだ人に「とりつくしま係」が言う。モノになってこの世に戻れますよ。妻は夫のカップに弟子は先生の扇子になった。連作短篇集。（大竹昭子）

ポラリスが降り注ぐ夜　李琴峰

多様な性的アイデンティティを持つ女たちが集う二丁目のバー「ポラリス」。国も歴史も超えて思い合う気持ちが繋がる7つの恋の物語。（桜庭一樹）

三島由紀夫レター教室　三島由紀夫
五人の登場人物が巻き起こす様々な出来事を手紙で綴る。恋の告白・借金の申し込み・見舞状等、一風変ったユニークな文例集。（群ようこ）

コーヒーと恋愛　獅子文六
恋愛は甘くてほろ苦い。とある男女が巻き起こす恋模様をコミカルに描く昭和の傑作が、現代の「東京」によみがえる。（曽我部恵一）

七時間半　獅子文六
東京―大阪間が七時間半かかっていた昭和30年代、特急「ちどり」を舞台に乗務員とお客たちのドタバタ劇を描く隠れた名作が遂に甦る。（千野帽子）

青空娘　源氏鶏太
主人公の少女、有子が不遇な境遇から幾多の困難にぶつかりながらも健気にそれを乗り越え希望を手にする日本版シンデレラ・ストーリー。（山内マリコ）

御身　源氏鶏太
矢沢章子は突然の借金返済のため自らの体を売ることを決意する。しかし愛人契約の相手・長谷川との出会いが彼女の人生を動かしてゆく。（寺尾紗穂）

カレーライスの唄　阿川弘之
会社が倒産した！　どうしよう。美味しいカレーライスの店を始めよう。若い男女の恋と失業と起業の奮闘記。昭和娯楽小説の傑作。（平松洋子）

愛についてのデッサン　野呂邦暢　岡崎武志編
夭折の芥川賞作家が古書店を舞台に人間模様を描く「古本青春小説」。古書店の経営や流通など編者ならではの視点による解題を加え初文庫化。

おれたちと大砲　井上ひさし
家代々の尿筒掛、草履取、駕籠持、髪結、馬方、いまだ修業中の彼らは幕末の将軍様を救うべく、奮闘努力、東奔西走。爆笑、必笑の幕末青春グラフティ。

真鍋博のプラネタリウム　真鍋博　星新一
名コンビ真鍋博と星新一。二人の最初の作品『おーい　でてこーい』他、星作品に描かれた插絵と小説冒頭をまとめた幻の作品集。（真鍋真）

方丈記私記　堀田善衞
中世の酷薄な世相を覚めた眼で見続けた鴨長明。その人間像を自己の戦争体験に照らして語りつつ現代日本文化の深層をつく。巻末対談＝五木寛之

落穂拾い・犬の生活　小山清

明治の匂いの残る浅草に育ち、純粋無比の作品を遺して短い生涯を終えた小山清。いまなお新しい、清らかな祈りのような作品集。（三上延）

須永朝彦小説選　須永朝彦　山尾悠子編

美しき吸血鬼、チェンバロの綺羅綺羅しい響き、暗い水に潜む蛇……独自の美意識と博識で幻想文学ファンを魅了した小説作品から山尾悠子が25篇を選ぶ。

紙の罠　都筑道夫　日下三蔵編

都筑作品でも人気の〝近藤・土方シリーズ〟が遂に復活。贋札作りをめぐり巻き起こる奇想天外アクション小説。二転三転する物語の結末は予測不能。

幻の女　田中小実昌　日下三蔵編

近年、なかなか読むことが出来なかった〝幻〟のミステリ作品群が編者の詳細な解説とともに甦る。夜の街の片隅で起こる世にも奇妙な出来事たち。

第8監房　柴田錬三郎　日下三蔵編

剣豪小説の大家として知られる柴錬の現代ミステリ短篇の傑作が奇跡の文庫化。〈巧みなストーリーテリング〉と〈衝撃の結末〉で読ませる狂気の8篇。

飛田ホテル　黒岩重吾

刑期を終えたやくざ者に起きた妻の失踪を追う表題作など、大阪のどん底で交わる男女の情と性。直木賞作家の傑作ミステリ短篇集。（難波利三）

『新青年』名作コレクション　『新青年』研究会編

探偵小説の牙城として多くの作家を輩出した伝説の総合娯楽雑誌『新青年』。創刊から101年を迎え新たな視点で各時代の名作を集めたアンソロジー。

ゴシック文学入門　東雅夫編

江戸川乱歩、小泉八雲、平井呈一、日夏耿之介、澁澤龍彦、種村季弘――。「ゴシック文学」の世界へと誘う厳選評論・エッセイアンソロジーが誕生！

刀　東雅夫編

名刀、魔剣、妖刀、聖剣……古今の枠を飛び越えて「刀」にまつわる怪奇幻想の名作が集結。業物同士が唸りを上げる文豪×怪談アンソロジー、登場！

家が呼ぶ　朝宮運河編

ホラーファンにとって永遠のテーマの一つといえる「こわい家」。屋敷やマンション等をモチーフとした逃亡不可能な恐怖が襲う珠玉のアンソロジー！

いっぴき　高橋久美子

初めてのエッセイ集に大幅な増補と書き下ろしを加え待望の文庫化。バンド脱退後、作家・作詞家として活躍する著者の魅力を凝縮した一冊。

家族最初の日　植本一子

二〇一〇年二月から二〇一一年四月にかけての生活の記録（家計簿つき）。デビュー作『働けＥＣＤ』を大幅に増補した完全版。

月刊佐藤純子　佐藤ジュンコ

注目のイラストレーター（元書店員）のマンガエッセイが大増量してまさかの文庫化！　仙台の街や友人との日常を描く独特のゆるふわ感はクセになる！

名短篇、ここにあり　北村薫　宮部みゆき編

読み巧者の二人の議論沸騰し、選びぬかれたお薦め小説12篇。となりの宇宙人／冷たい仕事／隠し芸の男／少女架刑／あしたの夕刊／網／誤訳ほか。

なんたってドーナツ　早川茉莉編

貧しかった時代の手作りおやつ、日曜学校で出合った素敵なお菓子、毎朝宿泊客にドーナツを配るホテル、哲学させる穴……。文庫オリジナル。

猫の文学館Ⅰ　和田博文編

寺田寅彦、内田百閒、太宰治、向田邦子……いつの時代も、作家たちは猫が大好きだった。猫の気まぐれに振り回されている猫好きに捧げる47篇‼

月の文学館　和田博文編

稲垣足穂のムーン・ライダース、中井英夫の月蝕領主の狂気、川上弘美が思い浮かべる「柔らかい月」……選りすぐり43篇の月の文学アンソロジー。

絶望図書館　頭木弘樹編

心から絶望したひとへ、絶望文学の名ソムリエが古今東西の小説、エッセイ、漫画等々からぴったりの作品を紹介。前代未聞の絶望図書館へようこそ！

小説の惑星　ノーザンブルーベリー篇　伊坂幸太郎編

小説って、超面白い。伊坂幸太郎が選び抜いた究極の短編アンソロジー、青いカバーのノーザンブルーベリー篇！　編者によるまえがき・あとがき収録。

小説の惑星　オーシャンラズベリー篇　伊坂幸太郎編

小説のドリームチーム、誕生。伊坂幸太郎選・至高の短編アンソロジー、赤いカバーのオーシャンラズベリー篇！　編者によるまえがき・あとがき収録。

わたしは驢馬に乗って下着をうりにゆきたい　鴨居羊子

新聞記者から下着デザイナーへ。斬新で夢のある下着を世に送り出し、下着ブームを巻き起こした女性起業家の悲喜こもごも。（近代ナリコ）

遠い朝の本たち　須賀敦子

一人の少女が成長する過程で出会い、愛しんだ文学作品の数々を、記憶に深く残る人びとの想い出とともに描くエッセイ。（末盛千枝子）

神も仏もありませぬ　佐野洋子

還暦……もう人生おりたかった。でも春のきざしの蕗の薹に感動する自分がいる。意味なく生きても人は幸せなのだ。第3回小林秀雄賞受賞。（長嶋康郎）

私はそうは思わない　佐野洋子

佐野洋子は過激だ。ふつうの人が思うようには思わない。大胆で意表をついたまっすぐな発言をする。だから読後が気持ちいい。（群ようこ）

色を奏でる　志村ふくみ・文　井上隆雄・写真

色と糸と織――それぞれに思いを深めて織り続ける染織家にして人間国宝の著者の、エッセイと鮮かな写真が織りなす豊醇な世界。オールカラー。

老いの楽しみ　沢村貞子

八十歳を過ぎ、女優引退を決めた著者が、日々の思いを綴る。齢にさからわず、「なみ」に、気楽に、と過ごす時間に楽しみを見出す。（山崎洋子）

おいしいおはなし　高峰秀子編

向田邦子、幸田文、山田風太郎……著名人23人の美味な思い出。文学や芸術にも造詣が深かった往年の大女優・高峰秀子が厳選した珠玉のアンソロジー。

パンツの面目ふんどしの沽券　米原万里

キリストの下着はパンツか腰巻か？　幼い日にめばえた疑問を手がかりに、人類史上の謎に挑んだ、抱腹絶倒&禁断のエッセイ。（井上章一）

新版　いっぱしの女　氷室冴子

時を経てなお生きる言葉のひとつひとつが、呼吸を楽にしてくれる――。大人気小説家・氷室冴子の名作エッセイ、待望の復刊！（町田そのこ）

真似のできない女たち　山崎まどか

彼女たちの真似はできない、しかし決して「他人」でもない。シンガー、作家、デザイナー、女優……唯一無二で炎のような女性たちの人生を追う。

井上ひさしベスト・エッセイ　井上ひさし　井上ユリ編

むずかしいことをやさしく……幅広い著作活動を続け、多岐にわたるエッセイを残した「言葉の魔術師」井上ひさしの作品を精選して贈る。（佐藤優）

ひと・ヒト・人　井上ひさし　井上ユリ編

道元・漱石・賢治・菊池寛・司馬遼太郎・松本清張・渥美清・母……敬し、愛した人々とその作品を描きつくしたベスト・エッセイ集。（野田秀樹）

開高健ベスト・エッセイ　開高健　小玉武編

文学から食、ヴェトナム戦争まで——おそるべき博覧強記と行動力。「生きて、書いて、ぶつかった」開高健の広大な世界を凝縮したエッセイを精選。

吉行淳之介ベスト・エッセイ　吉行淳之介　荻原魚雷編

創作の秘密から、ダンディズムの条件まで。「文学」「男と女」「紳士」「人物」のテーマごとに厳選した、吉行淳之介の入門書にして決定版。（大竹聡）

色川武大・阿佐田哲也ベスト・エッセイ　色川武大/阿佐田哲也　大庭萱朗編

二つの名前を持つ作家のベスト。文学論、落語からタモリまでの芸能論、ジャズ、作家たちとの交流も。阿佐田哲也名の博打論も収録。（木村紅美）

殿山泰司ベスト・エッセイ　殿山泰司　大庭萱朗編

独自の文体と反骨精神で読者を魅了する性格俳優、故・殿山泰司の自伝エッセイ、撮影日記、ジャズ、政治評。未収録エッセイも多数！（戌井昭人）

田中小実昌ベスト・エッセイ　田中小実昌　大庭萱朗編

東大哲学科を中退し、バーテン、香具師などを転々とし、飄々とした作風とミステリー翻訳で知られるコミさんの厳選されたエッセイ集。（片岡義男）

森毅ベスト・エッセイ　森毅　池内紀編

まちがったって、完璧じゃなくたって、人生は楽しい。稀代の数学者が放った教育・社会・歴史他様々なジャンルに亘るエッセイを厳選収録！

山口瞳ベスト・エッセイ　山口瞳　小玉武編

サラリーマン処世術から飲食、幸福と死まで。——幅広い話題の中に普遍的な人間観察眼が光る山口瞳の豊饒なエッセイ世界を一冊に凝縮した決定版。

同日同刻　山田風太郎

太平洋戦争中、人々は何を考えどう行動していたのか。敵味方の指導者、軍人、兵士、民衆の姿を膨大な資料を基に再現。（高井有一）

兄のトランク　宮沢清六

兄・宮沢賢治の生と死をそのかたわらでみつめ、兄の死後も烈しい空襲や散佚から遺稿類を守りぬいてきた実弟が綴る、初のエッセイ集。

春夏秋冬　料理王国　北大路魯山人

一流の書家、画家、陶芸家にして、希代の美食家でもあった魯山人が、生涯にわたり追い求めて会得した料理と食の奥義を語り尽す。（山田和）

日本ぶらりぶらり　山下清

坊主頭に半ズボン、リュックを背負い日本各地の旅に出た〝裸の大将〟が見聞きするものは不思議なことばかり。スケッチ多数。（壽岳章子）

のんのんばあとオレ　水木しげる

「のんのんばあ」といっしょにお化けや妖怪の住む世界をさまよっていたあの頃——漫画家・水木しげるの、とてもおかしな少年記。（井村君江）

ねぼけ人生〈新装版〉　水木しげる

戦争で片腕を喪失、紙芝居・貸本漫画の時代と、波瀾万丈の人生を、楽天的に生きぬいてきた水木しげるの、面白くも哀しい半生記。（呉智英）

老いの生きかた　鶴見俊輔編

限られた時間の中で、いかに充実した人生を過ごすかを探る十八篇の名文。来るべき日にむけて考えるヒントになるエッセイ集。

老人力　赤瀬川原平

20世紀末、日本中を脱力させた名著『老人力』と『老人力②』が、あわせて文庫に！　ぼけ、ヨイヨイ、もうろくに潜むパワーがここに結集する。

東京骨灰紀行　小沢信男

両国、谷中、千住……アスファルトの下、累々と埋もれる無数の骨灰をめぐり、忘れられた江戸・東京の記憶を掘り起こす鎮魂行。（黒川創）

向田邦子との二十年　久世光彦

あの人は、あり過ぎるくらいあった始末におえない胸の中のものを誰にだって、一言も口にしない人だった。時を共有した二人の世界。（新井信）

東海林さだおアンソロジー
人間は哀れである　東海林さだお　平松洋子編

世の中にはびこるズルの壁、はっきりしない往生際……抱腹絶倒のあとに東海林流のペーソスが心に沁みてくる。平松洋子が選ぶ23の傑作エッセイ。

素粒子
ミシェル・ウエルベック
野崎歓訳

人類の孤独の極北にゆらめく絶望的な愛——二人の異父兄弟の人生をたどり、希薄で怠惰な現代の一面を描き上げた、鬼才ウエルベックの衝撃作。

地図と領土
ミシェル・ウエルベック
野崎歓訳

孤独な天才芸術家ジェドは、世捨て人作家ウエルベックと出会い友情を育むが、作家は何者かに惨殺される——。最高傑作と名高いゴンクール賞受賞作。

競売ナンバー49の叫び
トマス・ピンチョン
志村正雄訳

「謎の巨匠」の暗喩に満ちた迷宮世界。突然、大富豪の遺言管理執行人に指名された主人公エディパの物語。郵便ラッパとは？　（巽孝之）

スロー・ラーナー［新装版］
トマス・ピンチョン
志村正雄訳

著者自身がまとめた初期短篇集。「謎の巨匠」がみずからの作家生活を回顧する序文を付した話題作。驚異に満ちた世界。　（高橋源一郎、宮沢章夫）

エレンディラ
G・ガルシア＝マルケス
鼓直／木村榮一訳

大人のための残酷物語として書かれたといわれる中・短篇。「孤独と死」をモチーフに、大著『族長の秋』につらなるマルケスの真価を発揮した作品集。

氷
アンナ・カヴァン
山田和子訳

氷が全世界を覆いつくそうとしていた。私は少女の行方を必死に探し求める。恐ろしくも美しい終末のヴィジョンで読者を魅了した伝説的名作。

アサイラム・ピース
アンナ・カヴァン
山田和子訳

出口なしの閉塞感と絶対の孤独、謎と不条理に満ちた世界を先鋭的スタイルで描き、作家アンナ・カヴァンの誕生を告げた最初の傑作。　（皆川博子）

オーランドー
ヴァージニア・ウルフ
杉山洋子訳

エリザベス女王お気に入りの美少年オーランドー、ある日目をさますと女になっていた——4世紀を駆ける万華鏡ファンタジー。　（小谷真理）

昔も今も
サマセット・モーム
天野隆司訳

16世紀初頭のイタリアを背景に、「君主論」につながるチェーザレ・ボルジアとの出会いを描き、「政治人間」の生態を浮彫りにした歴史小説の傑作。

コスモポリタンズ
サマセット・モーム
龍口直太郎訳

舞台はヨーロッパ、アジア、南島から日本まで。故国を去って異郷に住む〝国際人〟の日常にひそむ事件のかずかず。珠玉の小品30篇。　（小池滋）

バベットの晩餐会　I・ディーネセン　桝田啓介 訳

バベットが祝宴に用意した料理とは……。一九八七年アカデミー賞外国語映画賞受賞作の原作と遺作「エーレンガート」を収録。（田中優子）

ヘミングウェイ短篇集　アーネスト・ヘミングウェイ　西崎憲 編訳

ヘミングウェイは弱く寂しい男たち、冷静で寛大な女たちを登場させ「人間であることの孤独」を描く。繊細で切れ味鋭い14の短篇を新訳で贈る。

カポーティ短篇集　T・カポーティ　河野一郎 編訳

妻をなくした中年男の一日を、一抹の悲哀をこめ、ややユーモラスに描いた本邦初訳の「楽園の小道」他、選びぬかれた11篇。文庫オリジナル。

フラナリー・オコナー全短篇（上・下）　フラナリー・オコナー　横山貞子 訳

キリスト教を下敷きに、残酷さとユーモアのまじりあう独特の世界を描いた第一短篇集『善人はなかなかいない』を収録。個人全訳。（蜂飼耳）

動物農場　ジョージ・オーウェル　開高健 訳

自由と平等を旗印に、いつのまにか全体主義や恐怖政治が社会を覆っていく様を痛烈に描き出す。『一九八四年』と並ぶG・オーウェルの代表作。

パルプ　チャールズ・ブコウスキー　柴田元幸 訳

人生に見放され、酒と女に取り憑かれた超ダメ探偵が次々と奇妙な事件に巻き込まれる。伝説的カルト作家の遺作、待望の復刊！（東山彰良）

ありきたりの狂気の物語　チャールズ・ブコウスキー　青野聰 訳

すべてに見放されたサイテーな毎日。その一瞬の狂った輝きを切り取る、伝説的カルト作家の愛と笑いと哀しみに満ちた異色短篇集。（戌井昭人）

死の舞踏　スティーヴン・キング　安野玲 訳

帝王キングがあらゆるメディアのホラーについて圧倒的な熱量で語り尽くす伝説のエッセイ。「２０１０年版へのまえがき」を付した完全版。（町山智浩）

スターメイカー　オラフ・ステープルドン　浜口稔 訳

宇宙の発生から滅亡までを壮大なスケールで描いた幻想の宇宙誌。１９３７年の発表以来、各方面に多大な影響を与えてきたＳＦの古典を全面改訳で。

トーベ・ヤンソン短篇集　トーベ・ヤンソン　冨原眞弓 編訳

ムーミンの作家にとどまらないヤンソンの作品の奥行きと背景を伝える短篇のベスト・セレクション。「愛の物語」「時間の感覚」「雨」など、全20篇。

ちくま文庫

名前《なまえ》も呼《よ》べない

二〇二二年九月十日　第一刷発行

著　者　伊藤朱里（いとう・あかり）
発行者　喜入冬子
発行所　株式会社　筑摩書房
東京都台東区蔵前二―五―三　〒一一一―八七五五
電話番号　〇三―五六八七―二六〇一（代表）
装幀者　安野光雅
印刷所　株式会社精興社
製本所　株式会社積信堂

ISBN978-4-480-43841-6 C0193